「マスター。お風呂ごちそうさまでした」
「そういう言い回しは知ってるんだ」
「センセイが教えてくれました」

ポンコツ最終兵器は恋を知りたい

手島史詞

FB
ファミ通文庫

イラスト　どぅーゆー

CONTENTS

プロローグ 004

第一章 初恋の彼女は、薄幸の美少女《ヒロイン》と呼ぶには強すぎた 011

破損ファイルⅠ 065

第二章 しかしながら最終兵器と呼ぶにはあまりにポンコツで 068

破損ファイルⅡ 124

第三章 そんな彼女は最終兵器レベル1だったようで 126

破損ファイルⅢ 226

第四章 恋する少年少女は月にだって手を伸ばす 229

いつか帰ってくるキミへ 330

エピローグ 334

プロローグ

Prologue

空から、燃える星が落ちてきていた。

夜の空を流れる星は幸運の兆《きざ》しだと言われている。それを目にすることができた人は望みがひとつだけ叶うという、他愛《たあい》のない言い伝えだ。

だが、吉兆と凶兆は表裏一体というのが世の常である。

美しい流星は、ごく希《まれ》に地上まで落ちてくることがあるという。

その瞬間、流星は幸運の兆しから死の鉄槌《てっつい》へと変貌《へんぼう》する。

激しく燃えさかる、この星が落ちた場所にはなにも残らない。

どんなに優れた魔術師も、どこまで鍛えた戦士も、どれほど強固な城塞《じょうさい》も、この天から落ちる災厄《さいやく》から生き延《の》びる術《すべ》はないのだ。

ゆえに、落ちる星は〝神の裁き〟と呼ばれている。

雷以上に抗《あらが》いえぬこの力は、神がそう定めた死なのだと。

そんな燃える星が、自分に向かって落ちてきていた。

――逃げなきゃ……。

心がそう訴えても、圧倒的な〝死〟を前にした体は一歩も動いてくれなかった。

だって逃げる場所など、どこにもないのだから。

そんなときだった。


「マスター。質問があります。〝恋〟とはなんでしょうか？」


夜の泉で頭まで水に濡《ぬ》れた少女が、小首を傾《かし》げてそんなことをつぶやいた。

じっと見つめてくるのは浅瀬の海のように透《す》き通《とお》った翠《みどり》の瞳《ひとみ》。ツンと尖《とが》りながらも小さな鼻。薄い唇《くちびる》は桃色《ももいろ》で、腰まで流れる淡い銀色の髪。そんな髪が絡みつくのはどこかの軍服のような奇妙な衣装――彼女が言うには『ジョシコウセイ』という組織の正装なのだそうだ――で、どこか浮世離れした容姿だった。

歳《とし》のころは十五くらいだろうか。ミコトと同じくらいである。

「いまっ？　それ、いま聞かなきゃいけないことなのっ？」

「はい。記憶領域破損《はそん》データの修復が完了しました。断片的な情景ではありますが――」

「待って？　あれ見て？　星が落ちてきてるの！　僕たち死んじゃうんだよっ？」

涙を浮かべてそう訴えると、少女はようやく地獄のような空を見上げてくれた。

6

「対象を解析。静止軌道を逸脱したスペースデブリと断定。マスターの脅威《きょうい》と認識――撃破します」

「……え？」

「――〈ウェルテクス〉起動――」

少女の背から歪《いびつ》な翼が突き出す。頭上には光でできた円環が浮かぶ。腕を伸ばすと、まばゆい光があふれてその腕を包み込んでいく。

そうして現れたのは甲冑《かっちゅう》……ではなく、鋼《はがね》でできた槍《やり》のようなものだった。

ような、というのはその先端に刃《やいば》はなく、後方には魚類のヒレのような板がいくつも突き出しているからだ。渦巻く螺旋《らせん》のような形状をしたそれは、とうてい槍の形状ではない。

騎兵の突撃槍に似てはいるが、その太さは人の胴ほどもある。表面には血管のように緑の光の筋が走っていてどこか有機的な形状だ。そもそも右腕そのものを覆うようにして出現したそれは槍のように振り回せる形状ではなかった。

その槍からいくつもの管が飛び出し、少女の背中、正確にはその翼に突き刺さる。翡翠《ひすい》の瞳に、魔法陣のような光が浮かんだ。

「対象をロックオン。〈ウェルテクス〉チャージ完了――発射《ファイア》」

ささやくような少女の呼びかけに解き放たれたのは、ひと筋の光だった。

矢でも弾丸でも雷でもなく、光だ。

ミコトの知る限り、これにもっとも近い現象は竜の吐息だろう。

それも赤竜の焔《ほのお》や青竜の水の吐息ではない。黄金竜が放つ光の吐息である。人が操る魔術風情ではとうてい届き得ぬ力の頂。万物の摂理を焼却する最強の吐息だ。

光の反動で槍が撥《は》ね上《あ》げられ、踵《かかと》が地面を抉《えぐ》って少女の体が後ろに押し出される。

吐息のごとき光は、音よりも速く落ちてくる燃える星を狙《ねら》い違《たが》わず貫いていた。

そして、弾《はじ》けた。

夜の空が昼のように明るくなり、パラパラと塵《ちり》のような光が降ってくる。

「ほ、わあぁ……?」

〝神の裁き〟が人の手によって粉砕される様に、ミコトはそんな間の抜けた声をもらして立ち尽くすことしかできなかった。

「対象の消滅を確認。任務完了しましたマスター」

「えっ、え、あ、はい……」

少女は無機質な声でそう報告すると、その手と背から槍と翼を消失させる。破れたかのように見えた衣服も、乱れのひとつもない。

「…………」

「え、え？」

それから、なぜか銀色の頭頂部をぐりぐり押しつけてくる。銀色の髪が空の炎に照らされ、可愛《かわい》らしいつむじを中心に光の輪が浮かんで見えた。

——もしかして、褒《ほ》めてほしいのかな……？

目の前のできごとが現実と受け止めきれないミコトは、半《なか》ば条件反射のようにその頭を撫《な》でてあげた。

初めて意識的に触れた女の子の髪は、自分の髪とは明らかに異《こと》なるものだった。

——え、髪？　なにこれやわらかぁ……。

滑《なめ》らかでやわらかく、なんだか花のようないいにおいがした。

思わず夢でも見るような心地に目を細めて、そこでミコトはようやく我に返る。

「ハッ、これは違くて……ッ」

「……？」

キョトンとする少女に、しかしミコトはまず自分が言わなければいけない言葉を思い出した。

「えっと、助けてくれてありがとう。すごいねサイファー」

「はい」

なにやら誇らしげに吐息をもらす少女の頬《ほお》は、どこか紅潮《こうちょう》しているように見えた。

――どうしよう。ちょっと感じたことのない感情がこみ上げてくる。

それは庇護欲《ひごよく》だろうか――実際に庇護されているのがどちらかというのは置いておいて――それとも親愛だろうか。

顔が火照《ほて》って、心臓が早鐘《はやがね》を打っていた。

うろたえるミコトをよそに少女は満足したようで、小さくうなずく。

そして、また同じことを問いかけた。


「それでマスター。〝恋〟とはいったいなんでしょうか？」


――そんなの僕も知りたい……。

答えることができなくて、ミコトは紅蓮《ぐれん》の夜空を見上げる。

少女の名前はサイファー。本人が言うには、厄災《やくさい》戦争の時代に生まれた最終兵器なのだそうだ。そんな少女のいまの関心は、どういうわけか〝恋〟とやらにあるらしい。

ポンコツ最終兵器は恋を知りたい。

ことの発端は、前日の昼のこと——

第一章　初恋の彼女は、薄幸の美少女《ヒロイン》と呼ぶには強すぎた

Chapter 1

「うわあっ？」

足元の瓦礫《がれき》が崩れ、ミコトは悲鳴を上げた。

珍しいことではない。

周囲を見渡せば緑が石でできた地面を割って這《は》い出《だ》している。十数キロメートルほど離れると木々も生《お》い茂《しげ》っているのだが、ここ数キロ四方は拓《ひら》けてしまっている。恐らく地下に空洞でもあるのだろう。不用意に歩けば地面が抜けるのは仕方がないことだ。

――でも、さすがに多い。地震があったって話だし、地盤がゆるんでるのかも……。

こうして足を取られるのも、かれこれ十数度目である。

周囲に人の気配はない。

この辺りはろくに建物も残っていない古い遺跡なのだが、発掘作業も進んでいないため危険で、一般人の立ち入りは禁じられているのだ。

もっとも、こんな遺跡はどこにでもある。

――厄災《やくさい》戦争――

三百年ほど前に、この世界で大きな戦争があったのだそうだ。

敵は魔族だの異界からの侵略者だのと言われているが、明確にはわかっていない。ただ《厄災》とだけ呼ばれるなにかである。

それまで栄華を極めていた人類は食物連鎖の頂点から蹴落《けお》とされ、それはもう悲惨なくらいボロ負けしたらしい。

あまりにも惨《みじ》めな姿に同情を堪《こら》えきれなくなった〝神さま〟――デウス教の言う神さまはこの神さまである――が人類に戦う力を与えてくれて、長い戦争の果てに《厄災》を封じ込めることに成功したという。

それから三百年。人類は神から与えられた力――魔力によって復興したが、かつての栄華にはまだまだ及《およ》ばないものらしい。ろくに調査も整備もされていない遺跡が各地に残り、ちょっと地震なんかがあるたびに崩れて事故を起こしている。

絵物語ではこうした遺跡に神秘の宝が眠っていて、それを持ち帰った主人公が力や財宝を得たりする。

しかし悲しいかな、現実には無価値な石ころや錆《さび》クズが転がっているだけなのだ。

——鉄を拾っても路銀《ろぎん》にもならないし……。

錆クズも純鉄に精製《せいせい》し直せばそれなりの金額で売れるが、錬金術もタダではない。薬剤や触媒の金額を考えれば精製しても元は取れない。

値打ちのない遺跡に興味を持つのは考古学士《こうこがくし》くらいのもので、しかもデウス教からはいい顔をされない。調べたがるのは利益を顧《かえり》みない一部の好事家《こうずか》くらいだろう。

商人の通り道でもなければ人里に近いわけでもないこんな遺跡は、いまもこうして放置されたままなのだった。

もちろん、人類の安全のためには整備するなり埋め立てるなりするべきなのだろう。だが、目先の利益に繋《つな》がらないせいか危険が伴《ともな》うわりには待遇も悪く、この世界でもっとも誰もやりたがらない仕事のひとつと化している。

そんな嫌われ者の遺跡だが、数日前この辺りで少々大きな地震があった。

人里での被害は大したものではなかったが、遺跡では崩落が起きている可能性がある。

それゆえ、今日の調査に差し向けられたのがミコトだった。

ミコトは流れ《フリー》の錬金術師である。

錬金術師と言えば工房を構えて道具造りにいそしむか、その工房に従事するか、さもなくばギルドという組合に所属してチームのために働く。だが、ミコトは〝とある事情〟からそのどれにも入れてもらえず、儲《もう》けにならないうえに危険なこんな仕事でも、ひとりでやらなければならなかった。

なんとか瓦礫をよじ登り、小さく息をもらす。

ぺたんと地面に腰を下ろすと、山羊《やぎ》の胃袋でできた水筒を開けるが……。

「あれ？　水がない……って、穴が空《あ》いてるっ？」

先ほど足を滑らせたときだろうか。水筒の底が破れてしまっていた。そう簡単に破れる構造のものではないのだが、不運なことになにか尖《とが》ったものが刺さったらしい。

一応、予備の水筒はあるが、予備でしかない。大した量は入らないのだ。大口の水筒を失うのは手痛い。

「…………」

水筒だったものを見つめて、ミコトは涙目のまま小さくうなずいた。

「水をまいた分、きっと草木とかが育つよ！　うん！」

少年は空元気《からげんき》に縋《すが》った。

とはいえ、水を失ったのは問題である。

まだ陽《ひ》は高いが、野営地までの距離を考えるとそろそろ帰還を考えた方がいいかもしれない。ミコトの場合は、なぜか野営地が獣に荒らされるようなことも多い。帰れば休めると考えるのは楽観なのだ。

水筒を覗《のぞ》き込《こ》んでため息をもらすミコトは、今年十五歳になったばかりだ。

男子としては少々長すぎる黒髪は後ろで三《み》つ編《あ》みに結《ゆ》ってある。大きな黒い瞳と日に焼けた肌。体躯《たいく》は同年代の中でも小さく、年齢より下に見られることも多い。

いかにも動きにくそうな丈の合わないローブを羽織《はお》っているが、これは祖父《そふ》の形見であるため夏でも手放さないことにしている。彼は少々特殊な事情から、手荷物の手合いはいつ失ってもおかしくないのだった。

そんなローブの下から覗くのは、いくつものポーチをくくり付けたベルトだ。そこにひときわ目立つ長物《ながもの》がぶら下がっている。真っ黒な鉄の筒《つつ》は、銃《キャスター》だ。ミコトのような少年が持つには不似合いだが、錬金術の道具である。

ひとまず予備の水筒を開けて水分を補給し、ミコトは慎重に瓦礫の下を覗き込む。

「地下室……というより、階層があるのかな？　結構広いみたいだ」

鞄《かばん》から石ころをひとつ取り出し、下層に向かって放り込む。

カツンと小さな音が響くと、やがてぼんやりと中の様子が照らし出された。

衝撃を加えると光る〈灯《あか》り石《いし》〉――これも錬金術の道具だ。光量は部屋ひとつをなんとか照らせる程度だが、半日以上持続するのが強みである。

「やっぱり、一度戻った方がいいかな？」

地下はさらに崩れている可能性もある。となると、深く降りるための装備も必要になってくる。

そこで思い浮かんだのは、この仕事を依頼されたときの言葉だった。

『キミはその歳《とし》にしてはまあまあの腕だと言えるが、本職の錬金術師には足元にも及ばないということを自覚しておきたまえ。一瞬でもできるかなと思ったら迷わず引き返したまえ。迷わずできると思ったときでも考えたまえ』

信用がないというか高圧的というか、それではなにもできないのではと思ったが、額に指をぐりぐり押しつけられては『わかりました』としか答えられなかった。

ただ、その人はこうも言っていた。

『キミの死に責任を感じる者が、ここにひとりいることを忘れないでくれたまえ』

困ったように頬をかいて、ミコトは立ち上がる。

「……ミリアムさんは心配性だからな」

ミコトの方からすると、ご自分の私生活の方を心配してもらいたいところなのだが。

目印に旗《フラッグ》を立て、位置を手帳に書き込む。それから一度帰還しようと踵《きびす》を返したときだった。

「え――」

ぐらりと、足元が揺れた。

また瓦礫が崩れたのかと思ったが、そうではなかった。

ズンッと、足元から突き上げるような衝撃が走り、世界が震える。

――地震――

その名前に思い至ったのは、足元から地面がなくなってからだった。

「うわあああああああああああああああああああああああっ」

真っ暗な地の底へと落ちていきながら、依頼主が最後に告げた言葉を思い出した。

『そうそう、キミの運の悪さはついぞ災害と認定されたらしいぞ――《人型災害》――キミの歩く先では竜巻だろうと嵐だろうと地震だろうと、起きて当然ということだ』

災害認定されるほどの不運体質――それが、このミコトという少年だった。

◇

「……っ、生きてるっ？　痛たたっ」

ガバッと身を起こして、ミコトは素《す》っ頓狂《とんきょう》な声を上げる。

地震は結構な大きさだったようだ。

地下の空洞はさらに崩れて、深く深くへ落ちてしまっていた。周囲は薄暗く、なにが転がっているのかもわからない。

頭上を見遣《みや》ると、自分が落ちてきたらしい穴がずいぶん遠くに見える。距離感が摑《つか》めないが、百メートル以上はありそうだ。

ひとまず自分の状態を確かめる。

「手足は……動く。痛みはあるけど平衡感覚《へいこうかんかく》も、たぶん大丈夫。血……が出てるけど、どこからかはわからないかな。頭は……たぶん、無事かな？」

いちいち声に出すのは自分の意識や聴覚の確認でもある。

額でも切ったのか、顔を触ると手がぬるりとした。出血量は少なくないようだが、出血自体はもう止まりかけているようだ。ひとまず大きな怪我はなさそうだった。

――大丈夫。まだがんばれる。

続いて装備を確認しようとして、ミコトは硬直する。

「あれ？　荷物がない？」

手探りで鞄を探ってみると、どういうわけか中身がなくなっていた。先ほど〈灯り石〉を取り出したときは無事だったのに……。

ごそごそと手を突っ込んでみると、底の感触がなかった。どうやら、今度は鞄の底が抜けてしまったらしい。

となると、荷物は瓦礫の下敷きだろう。

さすがにため息をもらす。

「神さま。もう少し手心とか加えてもらえませんかね……」

空元気に縋るのも限界があって、ミコトは膝《ひざ》を抱えたくなった。

とはいえ、鞄の底が抜ける程度は初めてではない。こんなときのために、荷物は分散させてある。

ベルトのポーチを確かめてみる。予備の水筒はこちらにくくり付けておいたおかげで無事だ。銃と弾薬もある。食糧は、携帯食糧が二日分ほど。

「まともに動けるのは、あと一日ってところかな……」

食糧はともかく水が足りない。動けるうちにどうにか地上に戻る必要がある。

——ミリアムさんが気付いたら、助けに来ちゃうだろうし。

ミコトの不運体質は他人も巻き込む。

救助に来たミリアムがどれほど入念に準備をしてきたとしても、巻き込まれて二次遭難する危険は極めて高い。

自力でなんとかする必要があった。

「とにかく、ここにいるのは危ないかな。また地震が来るかもしれないし」

次はもっと大きく崩落するかもしれない。

ひとまず手近な石ころを拾い上げると、ポーチから取り出した薬剤を振りかける。

「迷える者に道しるべを――」

短く呪文を唱えると、石ころがほのかな輝きを放ち始める。即席で〈灯り石〉を作ったのだ。

〈灯り石〉で周囲を照らしてみると、足元は瓦礫で埋まって地面の状態も見えない。落下の衝撃で砕けており、下手に上に乗ると崩れそうだ。歩くにも注意が必要だろう。

続いて壁へ目を向けて、ミコトは息を呑《の》んだ。

「なんだろう、ここ。神殿……かな？」

そこはどうやら円形の広間になっているようで、ちょっとした城のホールくらいはあるだろうか。足元は瓦礫で埋まっているが、壁際は比較的無事だった。

壁の一点にはなにか巨大な紋様が描かれており、その正面に小さな石碑《せきひ》が突き出していて祭壇のように見えた。そこから左右に円形の柱が等間隔に三本ずつ立っていて、こちらにも似たような紋様が描かれている。

そして、そのどれもが破損《はそん》こそあるものの鏡のように磨《みが》き上《あ》げられていた。

「この紋様……なんか見覚えあるんだけど、なんだろう？」

祖父から教えてもらったものだったか、確か古い〝文字〟だったはずだ。

反対側の壁に目を向けてみると、こちらは一面ガラスのようなものが張られている。祭壇に立てばよく見えるだろう位置だ。こんな地下に窓を作る意味はわからないが、この状況で原形を残しているということはよほど強度もしくは柔軟性が高いのだろう。

改めて天井を見上げてみると、ひたすら分厚い裂け目がどこまでも続いていた。

古代遺跡によく見られる、いくつもの階層を重ねた造りではない。ひたすら硬い岩盤が裂けたような形で、しかも断面を見るに何億年と昔の地層のように恐ろしく高密度な岩だと感じた。

――秘せられた神殿――

そんな名前が、頭の中に浮かんだ。

こんな状況ではあるが、ミコトはいま自分が高揚していることを自覚した。

「――ッ、そうだ。記録、記録を取っとかないと」

ミコトはこの遺跡の調査に来ているのだ。見聞きした事象は全て記録しておかなければならない。

まず簡単な見取り図を描いて、それから壁や柱の紋様を書き写していく。避難のことも忘れ夢中で書き綴《つづ》って、ふと柱の陰《かげ》に見慣れた印が刻まれていることに気付く。

「え、矢印……？」

ミコトの目線よりも少し高いくらいの位置に、行く先を示すような矢印があった。

神殿には不似合いな印だが、古代遺跡ではよく見られる印ではある。近づいてみると矢印の下にはなにか文字が刻まれていた。柱の紋様とはまた違うものだ。

「なんて書いてあるんだろう。ミリアムさんならわかるかな？」

恐らく矢印の先に、なにがあるのかが書いてあるのだろうとは思う。祭壇の隣《となり》にあることから、出入り口である可能性は期待できる。

矢印の先を覗き込んでみると、真《ま》っ直《す》ぐな通路が延びていた。

背後をふり返れば、頭上からうっすらと光が差し込んでいる。戻ってくるのに目印は必要ないだろう。

〈灯り石〉を掲げて、ミコトは通路へと足を踏み入れてみる。

カツンと足音が妙に大きく響く。

空気はほこり臭いが、不思議とこもっているようには感じられなかった。こんな地下なのに、まるで空気だけは循環《じゅんかん》していたかのようである。

ところどころ天井が剝《は》げ落《お》ちているが、その向こうにはがんばれば人ひとりが潜り込めそうな程度の空洞があるだけだ。上の階層があるようには見えない。妙な管が何本も走っているが、なんのための空洞なのだろう。

そうしてどれくらい歩いただろうか。突然、通路はなくなっていた。正面の壁には先ほどのものとは違うが、壁一面に大きな紋様が刻まれている。

「行き止まり……いや、これもしかして扉かな？」

目の前には壁がそびえているが、他とは違って鉄でできている。

〈灯り石〉で照らしてみると、中央に正方形の穴が空いていた。

――いやこれ、穴じゃなくて扉が開きかけてるのか……？

ただ、そうだとすると奇妙な形だ。

正面の扉は確かに左右へと開いているが、その向こうには上下に開く扉があることになってしまう。覗き込んでみるとその奥にはさらに同じ構造の扉が重なっており、四層もの扉が取り付けられていることになる。しかも、その全てが十数センチメートルという分厚さだ。

遺跡調査には何度も行っているが、こんな構造の扉は見たことがなかった。

――こんな扉があったら開けるだけでも一苦労なんじゃないかな……。

どうしてこんな使いにくい形に作ってあるのだろう。三百年前の世界はいまよりも遥《はる》かに繁栄していたはずなのに、非合理的すぎる。

そこまで考えて、ふと逆の可能性に思い至った。

――そもそも〝開けられたくない扉〟だった、とか……？

王城の宝物庫《ほうもつこ》の扉などはひたすら強固に造られていると聞いたことがある。ここが神殿だとすると、これが宝物庫の扉であってもおかしくはないのではないか？

正方形の穴は、ミコトの体格ならなんとか通り抜けられそうである。

「……行ってみるか！」

遺跡調査をしていて、こんなにワクワクした気持ちになるのは初めてだ。

「と、その前にこれも書き写しとかないとな……。三つ、いや四つの円を重ねたみたいな形だ。なんのシンボルなんだろう？」

くぐり抜ける前に、扉の紋様を手帳に書き写す。

中央にひとつの円があり、その上に正三角形を描くように三つの円を重ねて、頂点にあたる部分には隙間が空いている。他の紋様と違って、ずいぶんシンプルな形だ。

このとき、ミコトに少しでも自分の体質をふり返る冷静さがあれば、この先に進むことを躊躇《ちゅうちょ》していただろう。そして依頼人の言葉を思い出しもしただろう。

――キミの運の悪さはついぞ災害と認定されたらしいぞ――

その扉に刻まれていたのは、三百年前には危険物を示していた記号だった。

◇

「ここは、なんだ……？」

扉をくぐり抜けて、ミコトは愕然《がくぜん》とした声をもらした。

そこは狭い部屋になっていて、中央には輝く一本の柱が立っていた。

ガラスでできているのだろうか。透《す》き通《とお》っていて、ときおり泡のようなものが下から上へと昇っている。中には液体が入っているようだ。

出口に続いているようにも見えなければ、宝物庫にも見えない。ミコトはようやく自分が見当違いの期待を抱いていたことを自覚した。

ぼんやり眺めていても仕方がない。

恐る恐る、透き通った柱に近づいてみる。大人ふたりが両腕を広げてようやく届くかという太い柱で、ぼんやりと翠色《みどりいろ》の光があふれている。

その柱に触れてみようとして、ミコトは息を呑んだ。

「人……っ？」

ガラスの柱の中には、人間の体が浮かんでいた。

少女だ。

歳はミコトと同じくらいだろうか。一糸まとわぬ少女の体が液体の中に漂っているのだ。長い髪が体に絡《から》み付くように広がっていて、首や背中には太い管が繋がれている。

それを見て、ようやくこれが柱ではなく棺《ひつぎ》なのだと気付いた。

——生《い》け贄《にえ》——そんな単語が、脳裏《のうり》を過《よぎ》る。

せめてもの救いは、少女の表情が穏やかなことだろうか。目を閉じたその顔に苦痛の色はなく、安らかに見えた。

柱の隣には、床から小さな祭壇のような石碑が突き出している。

調べてみると背面からは太い管が伸びていて、柱へと繋がっていた。位置関係から柱を操作するものだろうと想像がつくが、操作の仕方はさっぱりわからない。

「……ッ、灯りがついた？」

ペタペタと触っていると、石碑の上部に光でできた紋様が浮かんできた。

「これ、さっきの柱の紋様と同じ……？　ええっと……【ʌin】《アイン》……【vaːrju】《ヴァーユ》……【leu】《レウ》……【tʒuo】《ツオ》……これであってるかな」

記憶をたぐりながら声に出してみると、石碑と柱がほのかに輝いた。

「動いた……？」

そうつぶやくと同時に、ガラスの柱の中にひときわ大きな気泡が浮かんだ。

なんだろうと目を向けてみると……。

「え……？」

ガラスの向こうで、少女がぼんやりと目を開いた。

──生きてる？

まさかとは思う。

ここは三百年も昔の遺跡に違いないのだ。いつから囚《とら》われているのかは知らないが、こんな状態で生きているはずはない。

意識があるわけではないのか、少女はすぐにまた目を閉じてしまう。だが、その仕草《しぐさ》が余計に生というものを感じさせた。

──もし生きてるなら助けないと！

石碑に触れてみても、開く様子はない。

ガラスの柱につなぎ目はなく、どうすれば開くのかもわからない。表面を叩《たた》いてみると鈍《にぶ》く重たい音が返ってきて、ただならぬ丈夫さを感じさせた。ただ、どういう仕組みなのかほのかに温かいのが不思議である。

そうして視線が向いたのは、手にした〈灯り石〉だった。

──危険だけど……。

しかし、ガラスを砕くくらいしかこの少女を出す方法が思いつかない。

「怪我《けが》をさせたらごめん。──えい！」

意を決して〈灯り石〉を投げる。

ゴンッと鈍《にぶ》い音を立てて、〈灯り石〉は無力にも跳《は》ね返《かえ》されていた。

「…………」

まあ、これだけあちこち崩れている遺跡の中で唯一無傷の柱である。小石をぶつけたくらいで割れれば、いまこうして残ってはいないだろう。

石をぶつけても傷ひとつ付かないこのガラスを砕くには、相応の力が必要だ。

そう考えて意識したのは、腰に下げた銃だった。

〈解き放つ者《キャスター》〉とも呼ばれるこの道具の本体は、人の前腕ほどある鉄の筒ではない。その中に込める弾丸と呼ばれる小さな塊《かたまり》だ。弾丸の中には〝カヤク〟と呼ばれる薬剤が込められていて、それが破裂することで先端を撃ち出すという装置だ。

この先端には炎や雷の力を込めることができる。非力な錬金術師が騎士や魔術師を相手に戦える貴重な武器なのだ。

ただ、銃自体の機構は簡単なものだが、弾丸を精製できる錬金術師は少ない。弾丸は高価な上に貴重で、ミコトも一発しか持っていなかった。

――ミリアムさんは自分の身を守るために使えと言ってくれたけど……。

でもこの力で人ひとりを助けられるのなら、ミコトは使いたいと思った。

ポーチから弾丸を取り出し、弾倉に込める。それから銃口を柱に向け、少女に当たらぬようガラスの表面をなぞるように狙いを定める。
親指で安全装置を弾《はじ》くと、小さく息を整えて引き金に指をかけた。
そして、撃つ。
ガンッと、雷鳴のような音とともに灼熱《しゃくねつ》の弾丸が放たれた。
「――ッ」
ただ、その反動は思いの外《ほか》強く、ミコトは後ろにすっ転んでしまった。
「痛たた……――ハッ、女の子は？」
慌てて身を起こすと、ガラスの柱は依然《いぜん》としてその場にそびえていた。
……いや、無傷ではない。
ぴしんっと、なにかが軋《きし》む音が聞こえた。
見ればガラスの表面には大きな亀裂《きれつ》が走っていた。
亀裂は見る見る大きく広がっていき、やがて限界を迎える。
ガシャンッとけたたましい音を立てて、ガラスの柱は砕けていた。
同時に、大量の液体が噴き出す。
柱から解放された少女は、支えを失ってゆらりと倒れ始めた。

——危ない！

砕けたガラスは当然床に飛び散ったのだ。裸身でその上に倒れればどうなるか。

ミコトは水に足を取られながらも駆け出し、少女の体を抱き留めた。

——け、怪我は……？

少女の状態を確かめようとして、ミコトはそのまま動きを止めた。

部屋の隅《すみ》へと押し流された〈灯り石〉が少女の横顔をぼんやり照らす。

ガラス越しには気付かなかったが、少女の髪は銀色だった。顔にまとわり付くその髪を指先でそっとよけてやると、整った顔貌が見て取れた。

青白い肌に銀色の髪。唇《くちびる》だけがほのかな桃色《ももいろ》で、雪の精だと言われたらそのまま信じてしまいそうな容姿だった。

「綺麗《きれい》……」

こんな状況で不謹慎かもしれないが、ミコトは少女に見蕩《みと》れてしまった。

——あたたかい……。

柱に触れたときも温かかった。体温を感じ取ったことでようやく我に返り、呼吸と脈を確かめようとする。

首に触れようとして、ポタリと少女の頰に赤い滴《しずく》が伝い落ちた。

どうやら転げた拍子に傷口が開いてしまったらしい。

「あ、ごめっ」

意識のない少女に聞こえるはずもないのだが、思わず謝ってしまう。

拭《ぬぐ》ってあげようとはしたのだが、血の滴は濡《ぬ》れた頰を伝って唇まで流れてしまった。

「あ、あ、ど、どどどどうしよう」

吸血鬼でもない限り、他人の血が口に入るというのは気分のよいものではないだろう。

ミコトがひとりうろたえていると、少女の肩がピクンと震えた気がした。

『――システム再起動――』

◇

その声は、少女の口から聞こえたように思えた。

「え――」

『データリンク開始――失敗――記憶領域に重大なエラーを確認――修復――バックアップ取得に失敗――データ修復不能――〈サイファー〉を初期状態で起動します――』

抑揚《よくよう》のないその声は少女の口からこぼれたものとしては異質で、しかしどこか歌うようでもあった。

歌のような文言が止《や》むと、少女のまつげが小さく揺れる。

ゆっくりと開かれた眼は、翡翠《ひすい》のような翠《みどり》だった。

「…………」

ただ、少女はじっとミコトの顔を見上げるばかりで、口を開きはしなかった。まだ意識が朦朧《もうろう》としているのだろうか？

「……え、えっと、大丈夫？」

ミコトの口から飛び出したのは、そんな間の抜けた言葉だった。

その言葉に反応したのか、少女はミコトの腕から抜けだし自分の足で立ち上がる。

「……っ……？」

ただ、立ち上がろうとした少女の足元は生まれたての子鹿《こじか》のように頼りなく、よろよろとたたらを踏んでしまう。

ミコトは慌てて少女の肩を抱《だ》いて支《ささ》える。

「き、急に立ち上がらない方がいいよ。キミはここに閉じ込められてたんだ。えっと、僕の言ってることわかる？」

うろたえながら問いかけてみても、少女はキョトンとして首を傾《かし》げるばかりだった。

それから何度かまばたきをすると、やがてようやくミコトの顔を視認できたように大きく目を見開く。

「おはようございます、マスター」

鈴を転がすような、静かな声だった。

「対神性戦闘少女試作零番機《フェラ・エクスマキナ》〈サイファー〉起動しました。マスター、命令をください」

「ふえっ？」

聞いたこともないような単語の羅列に、ミコトは素っ頓狂な声を上げることしかできなかった。

ミコトが戸惑ってなにも答えられないでいると、少女はぼんやりとした眼差《まなざ》しのまま独り言のようにつぶやく。

「マスターサーバー〈セプテントリオ〉のリンクが途絶《とぜつ》。マスター、復元を要請します」

「え、え、ええっ？」

少女が口にしているのは公用語……だと思うのだが、わからない単語がいくつも混じっている。

――落ち着け。まずは……まずはなんだ？　どうすればいいんだ？

ミコトはこの状況にかつてないくらい気が動転していた。そもそも女の子とふたりきりで話すような状況自体を経験したことがないのだ。

この少女はいったい何者なのだろう。

真っ直ぐな瞳と控えめな薄い唇は怖がっているようには見えない。

そんな頭を支える首はたやすく手折《たお》れてしまいそうなほど細く、肌に貼り付く濡れた髪の下からは少女らしい膨らみが覗いている。ほっそりとした腰の真ん中には滴形《しずくがた》にくぼんだ臍《へそ》が穿《うが》たれ、そこに溜《た》まった液体がツッと無防備な鼠蹊部《そけいぶ》へと伝い落ち——

「——って、あわわわっごめん！　服！　着るものがいるよねっ？」

ようやく我に返ったミコトは、慌てて自分のローブを少女の肩にかけてやった。

——ぼ、僕はなんてことを……。

出会ったばかりの女の子の体をまじまじと見つめていたのだ。しかも相当無遠慮《ぶえんりょ》に眺めていたことになるだろう。

——でも、すごく、綺麗だった……。

思わず顔を覆いながらも、指の隙間から恐る恐る少女の様子を覗き見る。

「……？」

少女は表情を変えることなく立ち尽くしたままだった。

——む、向こうも困ってるの……かな？

とにかく、なにか話しかけなければ……。

「あの、あの……ええと、痛いところとかはない？　気分が悪いとか」

混乱した脳がなんとか導き出した答えは、そんな問いかけだった。

なぜこんなところに閉じ込められていたのかは想像も付かないが、決して短い時間ではなかったはずだ。どこにどんな異変があってもおかしくない。

少女は不思議そうに首を傾げると、そのまま抑揚のない声を返す。

「マスター。質問です。〝痛い〟とはなんですか？」

「え……？」

言葉の意味が理解できなくて、ミコトは呆気《あっけ》に取られる。

そのときだった。

割れた柱の破片は、まだ頭上にも残っていたらしい。それが、ミコトの頭めがけて落ちてきた。

「――ッ、マスター」

「え――」

少女は鋭く腕を伸ばしてガラスの破片を弾く。

「マスター。怪我はありませんか？」

「ぼ、僕は大丈夫だけど……」

素手でガラスを弾いたのだ。少女の手からはボタボタと真っ赤な血がこぼれていた。

にも拘《かか》わらず、少女は表情ひとつ変えていない。まるで自分の体から赤い液体が出ることを初めて知ったように、首を傾げている。

その反応に、彼女は本当に〝痛み〟という言葉の意味も知らないらしいと感じた。

ミコトはポーチの中からハンカチを取り出すと、少女の手に巻いて止血をする。

「いまはこれくらいしかできない。ごめんね。あとでちゃんと処置してあげるから」

少女は不思議そうに自分の手を見つめる。

それから、ミコトは少女の顔を真っ直ぐ見て言う。

「僕の名前はミコト。キミのことは、なんて呼べばいいかな?」

「わたしは……サイファー、と、呼んでください」

それは困惑のような、あるいは痛みのような、初めて少女——サイファーの顔に感情らしい色が浮かんだ。

「さっきの質問の答えだけど、〝痛い〟っていうのは……そうだな、辛《つら》いとか苦しいことだと思う。できれば避けて通りたい、嫌なことかな」

ミコトは少女の傷ついた手を包み込むように握る。

「だから、できればキミもそういうことは避けてくれると嬉《うれ》しいかな。痛い思いをしてる人を見るのは、たぶん嫌なことだと思うから。……だからその、自分のことは、ちゃんと大切にして?」

サイファーはやはり無感動のまま首を傾げていたが、言葉の意味を考えるように自分の手を見つめる。

そんな少女に……ミコトは顔を覆って逃げ出したくなった。

——初対面の女の子に、僕はなにを言ってるんだ？

なんで助けてもらっておいて、いきなり説教みたいなことを言っているのだろう。先に口にすべきは感謝の言葉のはずだ。たとえここで平手打ちを返されてもなにも文句は言えない。

——でも、なんでだろう。この子のことを、守ってあげなきゃって思ったんだ……。

ややあって、サイファーは小さくうなずいた。

「痛い＝辛い、苦しい、避けるべき事象——認識しました」

それから静かに立ち上がると、なにかを掲げるように両腕を広げる。

「任務を遂行します——〈スクアーマ〉精製」

そう唱えると、少女の体からふわりとローブが巻き上げられた。

「ちょっ——」

ローブの下は裸体なのだ。ミコトは声を上げようとして——言葉の先を見失った。

サイファーの体から鱗《うろこ》のような六角形の光があふれていた。それは輝いたと思ったそのときには、水銀のように溶けて広がり華奢《きやしや》な肢体《したい》を包み込んでいく。

まばたきをしたあとには光は消えていて、少女の体は不可思議な衣に覆われていた。鋼のような輝きを持っていながら、絹《きぬ》のように少女の体にピッタリと吸い付くような奇妙な衣服だ。貴族が穿《は》くタイツのようではあるが、どう見ても綿や絹ではない。ミコトが知るものでは竜の飛膜《ひまく》がもっとも近いだろうか。

白と黒を基調としていて、表面には瞳と同じ翠色の光が血管のように全体に走っている。背中には脊椎《せきつい》を補強するかのような蛇腹状《じやばらじよう》の装甲があり、踵《かかと》の高いブーツのようなものを履いていた。なのにそのどれもが衣服と一体化しているように見える。

ポカンと口を開けて、ミコトはつぶやく。

「服を、召喚したの……？」

錬金術は素材となる物体を別のものに作り替えたり、道具そのものに魔力を込める力だ。無からものを生み出すことはできない。

となると召喚魔術だろう。それ自体はそう珍しいものではない。生物だけでなく形なき炎や水さえも呼び出す魔術師もいるのだ。衣服を呼び出してもなにも不思議はない。

ただ、それをまとった状態で召喚するというのは、不可能ではないのかもしれないが尋常ではない精密性の要求される魔術のはずだ。

――つまり、この子は高位の魔術師なのかな……？

ただ、魔術とはなにか異なる力だったように思えるのだ。

そう考えて、ミコトはハッと我に返る。

「あ、えっと、そのローブ！　おじいさんの形見なんだけど、いまはそのまま使ってくれていいから」

「……？　了解しました」

その衣服は体の線がくっきりと浮かび上がっていて、少々目のやり場に困った。

まあ、それでも服を着てくれたのはありがたい。

ミコトはようやく少女のことをまともに見られるようになった。

すると、サイファーはそっとミコトの額に触れてきた。

「マスターの頭部にも同様の損傷《そんしょう》を確認。〝痛い〟に対する対処法を教えてください」

言われてみれば、ミコトも地上から落下したり銃の反動で吹き飛ばされたりで、傷だらけなのだ。

——自分のことを棚に上げて言うことじゃなかったよね！

痛いところを突っ込まれ、ミコトは引きつった笑みを返した。

「えっと、ここじゃろくな処置もできないから、ひとまず外に出ないとね」

「はい、マスター」

よくわからない子ではあるが、初対面のミコトのことを心配してくれているらしい。

その答えになんだかホッとして、ミコトも笑い返した。

「うん。……そういえば、さっきから僕のことをマスターって言ってるみたいだけど、それってどういう意味だい？」

一部の主従関係ではそんな呼び方をするらしいが、初対面の相手に対する言葉ではないはずだ。他に意味があったりするのだろうか？

「マスターはマスターです。わたしの全存在を預《あず》かる絶対の存在です」

「ちょっと待って？」

予期せぬ重たい答えにミコトはとたんに顔を引きつらせた。

「ダメだよ女の子が簡単にそういうことを言ったら！」

「マスターの命令に従うのがわたしの使命です」

「じゃあ僕が誰かを殺せって言ったらやっちゃうつもり？」

「了解しました。攻撃目標を指定してください」

「んんんんん――――っ？」

どうやらここで問答したくらいでわかってくれる様子ではない。

――ここでこの子を放り出したら絶対ダメだ。

誰になにを強要されるかわかったものではないし、彼女はそれを悪いことだと考えもせずにやってしまう。

少し考えて、ミコトはサイファーの両肩に手を置いて真摯《しんし》に語りかける。

「……よし。じゃあこうしよう。キミは……サイファーはこれから他人の命令に従っちゃダメだ。自分で考えて、自分のために行動するんだ。自分の命令に従って」

「了解しました。ではご命令ください」

「なにも伝わってないっ？」

愕然《がくぜん》として、ミコトは頭を振る。

「他人の言うこと聞いちゃダメって言ったじゃないか」

「……？　マスターはマスターです。他人ではありません」

「じゃあ、マスターの言うことにも従っちゃダメ！」

「その命令に従うには深刻な矛盾が発生しています。修正を要請します」

「本当だ、ごめんね！」

命令に従うなという〝命令〟に従えばその時点ですでに従ってしまっているというパラドックスである。ミリアムあたりに聞かれたら失笑されるだろう。

息を切らせたミコトはがっくりと膝を突いた。

そんなミコトを気遣うように、少女もちょこんとしゃがんで顔を覗き込んでくる。

ローブの隙間からいろいろ見えてしまいそうで、またしても目のやり場に困る。

「マスター、救助が必要ですか？」

「……ううん。大丈夫、気にしないで」

ミコトは気力を振り絞って立ち上がる。

――決して、悪い子じゃないと思うんだ。

世間知らずというか無知というか、ちょっと会話がかみ合わないところはあるが、他人を気遣う心を持った優しい子ではないか。

自分がなんとかしてあげなければ。

己《おのれ》を鼓舞《こぶ》するように拳を握って、ミコトは現状を思い出す。

「……って、そうだった。僕も外に出られなくて困ってるところだったんだ」

むしろ救助が必要な身である。

この部屋に入る扉を潜《くぐ》ることすら一苦労なのに、そこからどうやって脱出するのか。

独り言のつもりだったのだが、サイファーは開きかけの扉に目を向ける。

「動力反応なし。施設の機能が停止しています。緊急時につき扉の破壊を推奨します」

「そうだね。壊せたらいいんだけど、まあキミの体格なら通り抜け――」

「了解しました」

「……うん？」

ミコトが最後まで言い終わる前に、サイファーは静かに扉の前へと進んでいた。

◇

扉の前に立ったサイファーは、無造作に右腕を伸ばす。

「――〈ルクスラミナ〉――」

「え？」

少女の手に光が集まる。

光は手の平へと収束していき、やがて一本の剣を紡《つむ》ぎ上《あ》げる。装飾剣の手合いなのか、妙に握りの長く仰々《ぎょうぎょう》しい柄《つか》で、刀身にも細かな紋様が刻まれている。

――今度は剣を召喚した……。

やはり彼女は召喚魔術の達人なのかもしれない。呪文の詠唱どころか魔力の力場すら感じられなかったのが気がかりだが、自分の実力との開きが大きすぎる力や技術は同じ分野の人間ですら理解できない。それと同じなのかもしれない。

ただ、召喚された剣は刃《やいば》こそ分厚いが刃渡りは伸ばした腕くらいの長さ。一般的にはショートソードに分類されるものだ。少女の細腕で扱うには適しているだろうが、この分厚い扉を前に役に立つものではなかった。

ミコトはサイファーに声をかける。

「その剣で斬るつもり？　無理だよ。十センチ以上ある鉄板が四枚もあるんだ」

この四層という構造が曲者《くせもの》だ。それぞれの扉の間に隙間があるため、衝撃が殺されてその向こうに届かないのだ。単純に同じ厚さ――五十数センチメートルの鉄板よりも頑丈だと言えた。

これを魔術で壊そうとすれば小隊規模での攻城魔術が必要になるだろうが、こんな室内で放てば術者もろとも消し飛ぶだろう。もちろん、ミコトの銃でも無理だ。もっとも、たった一発しかない弾丸は先ほど使ってしまったところだが。

なのだが、わかってないのはミコトの方だった。

それは、ショートソードなどではなかった。

「〈ルクスラミナ〉起動」

サイファーの剣から光があふれる。

光は剣に沿って滞留《たいりゅう》し、さらに巨大な刃となっていく。瞬《また》く間《ま》にそれは少女の身の丈以上もある大剣となっていた。

「光の、剣……？」

あの細腕で軽々構えているところを見ると、質量はないのだろうか。ガラスのように透き通っていて、しかし斧《おの》のような厚みを持った刃である。表面には魔法陣のような紋様が浮かび、ほのかに明滅していた。

「マスター、少し下がっていてください」

「え？」

サイファーは腰をためるように身を低くすると、大きく剣を振りかぶる。

「ふぅっ」

鋭く息を吐いて大剣を一閃《いっせん》する。

――鋭い！

ギャリンッと凄《すさ》まじい音を立てて火花が飛び散る。剣の素人《しろうと》であるミコトでもわかるほど、その一撃は速く鋭かった。

だが、その見事な一撃でも鉄の扉を斬ることはできなかった。表面に真っ赤な亀裂を穿つに留《とど》まっている。

しかし、サイファーはかまわず大剣を振るう。

今度は縦に、次は床すれすれを真横に、四度目はまた縦に。扉を刳り貫《くぬ》くように四方を斬りつける。

光の刃は振るわれるたびに瞼《まぶた》へ残像を焼き付け、幾重《いくえ》にも光の軌跡を刻みつけた。銀色の少女が振るう姿は幻想的でさえあって、ミコトは思わず見蕩れてしまう。

だが扉を斬りつけるたびに生じる火花は、確実に少女の体へと降りかかっていた。

「サ、サイファー！　もうやめるんだ。キミの方が怪我しちゃうよ！」

その声が届いたのか、サイファーは五度目の剣を振るう前に手を止めた。同時に、その剣から光の刃も消失する。

「もう、無茶なことしたらダメだよ……」

「マスター。目標の破壊を完了しました」

「へ――」

ガランガランとやかましい音を立てて、鉄の扉だったものが崩れ落ちた。あとには大の男が立って歩けるだろう空間が拓けていた。

――剣で鉄を斬った？　しかも四枚も？

床に散らばった扉の断面は、磨き上げた鏡のように綺麗だった。彼女は召喚魔術だけでなく、剣の上でも達人のようだ。

「……って、そうじゃない！　サイファー、怪我は？」

雨のように火花を浴びたのだ。ただではすまないだろう。

慌てて駆け寄ると、しかし少女の体に火傷《やけど》らしきものは見当たらなかった。それどころか衣服にすら焦げ跡《こあと》ひとつつない。

「〈スクアーマ〉は強化戦闘服です。理論上二〇〇〇度の熱量まで耐えられます。〝痛い〟は発生しません」

どうやら、少女の衣服は尋常ではない加護を持っているらしい。デウス教の高位神官の法衣はそういった加護を受けていると聞いたことがある。

——いやでも、二〇〇〇度って鉄も溶けるような温度じゃなかったっけ……？

刀剣鍛冶《かじ》のかまどがそれくらいの温度だったはずだ。

困惑しながら、ミコトはサイファーが口にしたもうひとつの言葉に気付く。

——あれ？　〝痛い〟は発生しないって……。

そういえばミコトが痛い思いはしないでほしいと言った直後に、サイファーはこの衣服を召喚したのだ。

どうやら彼女はそんな言葉にすら生真面目《きまじめ》に応えてくれていたらしい。

——なら、僕はこの子にどう応えてあげればいいんだろう。

なぜミコトのことをマスターと呼ぶのかはわからないが、彼女の献身《けんしん》をただ享受《きょうじゅ》するだけでいいはずがない。

ミコトは頭を振る。

——それより、先に言うことがあるよね。

サイファーに手を差し出す。

「えっと、ありがとう、サイファー。道を開いてくれたのも、さっきガラスから守ってくれたのも」

「マスター。質問です。〝ありがとう〟とはなんですか？」

半ば予想できた言葉に、ミコトは苦笑を返した。

「ありがとうは、感謝を伝える言葉だよ。僕はサイファーに助けてもらったから、お礼が言いたかったんだ」

そう説明すると、少女は小さくうなずく。

「ありがとう＝感謝の言葉。お礼――認識しました」

それから、眉をひそめて自分の胸に手を当てる。

「胸部に異常を感知。体温が上昇しています。マスター、メンテナンスを要請します」

そんな反応に、ミコトは思わず笑ってしまった。

「それはたぶん、嬉しかったってことじゃないかな？　僕も誰かから〝ありがとう〟って言ってもらえたときは嬉しいし」

「〝ありがとう〟を言われると嬉しい――情報をアップデートしました。わたしは、嬉しいようです」

そう言って、サイファーはほのかにだが、微笑《ほほえ》んだ。

頬を緩《ゆる》めて、幽《かす》かに唇の端が上がった程度で、笑顔と呼ぶにはあまりにささやかだが、確かに笑みと呼べる表情を作った。

思わず顔が熱くなった。

「マスター。体温が上昇しています」

「ふぇっ？　あ、うん……。僕も嬉しかった、のかな？」

少女の顔を直視できなくなって、視線を逸《そ》らしてしまう。

――なんだろう。心臓がドキドキしてる……。

どういうわけか落ち着かない気持ちになってしまう。

戸惑いを振り払うように頭を振ると、ミコトは扉がなくなった通路を足早に進んだ。

「い、行こう？　まずはここから脱出しないと」

「はい、マスター」

通路を進めば、すぐに最初の広場へと到着する。

「……さて、問題はどうやってここから出るか、だよね」

ざっと見た限りでは、通路はサイファーが閉じ込められていた部屋に続くものひとつで、道中に扉や分かれ道はなかった。

となると、出口は瓦礫に埋まっているということになるが、人の力で動かせるようなものではなさそうだった。

　頭を抱えていると、サイファーが頭上の亀裂を見上げる。

「マスター。上空からの脱出が可能です」

「そうだね……。空でも飛べればいいんだけど」

「了解しました。〈ゼフィラム〉起動します」

「え？」

サイファーが両手で銀色の髪を掬《すく》い上《あ》げると、今度はその背中から光があふれた。

　何本もの金属の管が突き出し、その隙間を埋めるように光が収束していく。頭上には同じく光が集って円環を描いていた。

　そうして紡がれたのは、翼のように見えた。

　円環を頂き、翼を背負うその姿は聖書に描かれた天使のようでさえある。

　だが天使と決定的に異なるのは、その翼が鳥のそれではなく、ガラスの破片を集めたように歪《いびつ》な形であることだ。鉱物にも有機物にも見えて、しかし実体がないかのように透き通っている。頭上の円環も同様で、魔法陣のように細かな紋様が刻まれている。

　鳥とも竜とも異なる異形の翼。ミコトはこれによく似たものを見たことがあった。

「結晶蝶《けっしょうちょう》……？」

ここから遥か南の大森林のさらに秘せられた奥地——封印の地ズィーゲルヴァルトに生息するという、水晶でできた蝶である。死ぬと翅《つばさ》も消失してしまうため、幻の蝶としても名を知られている。

サイファーの翼は、そんな蝶の翅と酷似《こくじ》していた。

——この力は、なんだ？

先ほどまでのものは召喚魔術かもしれないと思えたが、これは明らかに魔術ですらない異質な力だった。

そのまま羽ばたこうとしたのか、異形の翼が大きく震えるが、そこでサイファーはなにかに気を取られたように後ろをふり返る。見れば、ミコトのローブが絡まるように引っかかっていた。

サイファーはローブを脱ぐと器用に立ったまま丁寧に畳んでいく。

「マスター、申し訳ありません。損傷の危険があります。預かっていただけますか？」

「あ、うん」

ローブを受け取る。こんなときではあるが、ミコトはなんだか微笑ましい気持ちになった。

——そういうことはちゃんと気にしてくれるんだ……。

しかも丁寧に畳んで渡してくれるとは。

顔を緩めていると、サイファーはミコトの背中と膝の裏に腕を回す。そのまま抱え上げられ、いわゆる〝お姫さま抱っこ〟の状態になってしまう。

「へ……？」

ローブを抱える腕に、やわらかくもあたたかい重量がのしかかった。

――え、乗っかって……いや、乗るッ？　これって、乗っかるものなのっ？

ミコトの腕の上に乗っかったのは、少女が少女であるがゆえの膨らみだった。

脳が混乱するミコトに、サイファーは言う。

「マスター、飛行します」

翼があるものは飛ぶものである。

それは当然の話なのだが、ミコトにはなにを言われたのかよくわからなかった。

◇

「ほわあああああああっ？」

ミコトはいま、空にいた。

自分を呑み込んだ大地の亀裂を遥か下に置き去りにし、雲が掴めそうな高さにいる。

西のヴァイスラント公国には空飛ぶ船があると聞くが、そういうことではない。その身ひとつで宙に舞い上がっているのだ。

いや、その身ひとつというのは正確ではない。その体は宙にありながら、姫のように優しく抱きかかえられているのだ。

王子のようにミコトを抱きかかえるサイファーの背では、水晶の翅が羽ばたいている。果たして風を摑めるとは思えぬ翼だが、少女は実際に空へと飛翔しているのだ。

先ほどの地震はやはり大きなものだったようで、遺跡はあちこちが陥没して人の近寄れる状況ではなくなっている。

サイファーは翠の瞳でそんな大地を睥睨《へいげい》すると、やがて鈴を転がすような声音《こわね》で静かに囁《ささや》く。

「地形分析完了。着陸に適した座標を確認。動作《シークエンス》に入ります」

独り言のような言葉とともに、サイファーは突然急降下を始める。

遺跡地帯を大きく外れ、それを囲む森林さえも飛び越えて荒野へと。その速度は優に全速力の馬の数倍はあった。

「ひいいいっ？」

枯れた大地が見る見る迫り、ミコトは悲鳴を上げる。

大地に衝突する寸前で水晶の翅が大きく羽ばたき、勢いが殺される。この速度で急停

止すれば息が詰まりそうなものだが、不思議と制動力を感じなかった。最後には羽根のようにふわりと少女の細い足を地へとつけていた。

それと同時に、背中の翅と円環も役目を終えたように崩れていく。その様は散りゆく花弁のようでありながら、まるで質量というものを感じさせなかった。

そういえば、鉄の扉を切断した剣もいつの間にか消えている。

「マスター。着陸に成功しました」

「ひゃい！」

丁寧に畳まれたローブを抱きしめて、ミコトは情けない声を上げる。

それから、ミコトは無様にお姫さま抱っこをされたまま、少女にしがみ付いている自分に気付く。

慌てて手を離すと、顔を真っ赤にして怖《お》ず怖《お》ずと訴える。

「あの、あの、降ろしていただけると……」

「腰部から下半身へかけて神経的麻痺を確認。自立困難と推定。推奨できません」

「あうぅ……」

〝腰が抜けている〟ことを明確に解説され、ミコトは両手で顔を覆った。

――なんかやわらかくていいにおいが……じゃなくて女の子に抱っこされるなんて恥ずかしい！

普通は逆だろう。羞恥心《しゅうちしん》だかなんだかよくわからない感情に苛《さいな》まれ、ミコトは生まれたての子鹿のようにプルプル震える。

そんなミコトをよそに、サイファーは興味深そうに周囲を見渡していた。

「マスター。環境データが既存データと一致しません。アーカイブのアップデートを要請します」

「えっと……？」

またしても聞いたことのない単語がいくつも聞こえて、ミコトは首を傾げた。

ミコトの声が聞こえているのかいないのか、サイファーは周囲を見渡している。その表情からどういう感情なのかはうかがい知ることはできないが、どことなく不安そうにしているようにも見える。

それでいて、遠くを見つめるその横顔は愛らしくも凛々《りり》しく、ミコトは自分の胸が高鳴ってしまうのを感じた。

——遺跡の中で眠っていたし、周りが自分の知ってるものと違うのかな……？

ミコトは乙女のように胸元で手を握ると少女を見上げて問いかける。

「もしかして、なにか見たことないものでもあるの？」

「はい。まず、あの翼手目《よくしゅもく》哺乳《ほにゅうるい》類に類似《るいじ》した生物はなんですか？」

サイファーが視線を向けたのは、空を飛ぶ翼竜だった。

先ほどの急降下に驚いたのか、森林の上に翼竜の群れが集まっている。

「たぶんワイバーンだと思う。あの大きさだと、まだ幼体じゃないかな。小さいからちょっと可愛いよね」

亜竜の一種である。竜は言葉を介《かい》し、人よりも遥かに高度な魔術を行使し、さらには羽ばたくだけで嵐を呼び、その吐息は世界の全てを灰燼《かいじん》と帰《き》す超常の存在である。

本来の竜は魔物とは明確に区別された高位の生物だが、亜竜は言葉もしゃべらず知能も低いため魔物に分類されている。

「ワイバーン＝可愛い――認識しました」

「僕の感想は認識しないで！」

それから、サイファーはまた首を傾げる。

「〝可愛い〟とは、どのような状態を定義しますか？」

「えうぅっ？　それはそのっ……」

――キミみたいな子だと思う――喉元《のどもと》まで出かけた言葉を慌てて呑み込み、ミコトはしどろもどろに口を開く。

「えっとえっと……、小さかったり、やわらかかったり、あとは……なんていうか、守ってあげたくなるようなもの……とか、でどうでしょうか……？」

自分はいったいなにを言わされているのだろう。

また赤面して顔を覆っていると、少女はようやく得心がいったとうなずいた。

「可愛い＝小さくやわらかい庇護対象――認識しました」

それからミコトを真っ直ぐ見つめてこう言った。

「マスターは〝可愛い〟――情報をアップデートしました」

「どうしてそこに僕を含めたのっ？」

サイファーはキョトンとして首を傾げるも、次の質問を続けるのだった。

「マスター。ワイバーンと同種個体の接近を確認。あれも〝可愛い〟ですか？」

「へ？」

少女が見上げた先を視線で追ってみると、そこにはちょっとした小屋ほどもある翼竜が飛来してきていた。遠くに見えていた幼体とは異なり明らかな成体、それも百年以上は生きていよう個体だった。

ひゅっと、喉の奥から息が漏れた。

「あれは可愛いというより〝怖い〟かな……？」

竜とはいえ翼竜の習性は魔物のそれだ。人を捕食することからもちょくちょく討伐対象になっている。空を舞うミコトたちを見て餌《えさ》とでも思ったのだろう。ずいぶんと興奮しているようだった。

急降下してくるワイバーンを、ミコトは半ば諦観めいた眼差しで見上げた。

——それはまあ、襲ってくるよね。

ミコトは自分の不運体質を思い出す。それにしたって、本日の不運はいくらなんでも多すぎるが。

「……って、そうじゃなくてサイファー。僕を置いて逃げ——」

ようやく我に返って声を上げるミコトをよそに、少女は独り言のようにつぶやく。

「——怖い＝恐怖対象。脅威と認識。排除します」

「んぇっ？」

サイファーだけなら逃げられるかもしれない。そう言おうとしたのだが、少女はミコトから片腕を離して支えるように抱え直すと、その左腕を突き出す。

「——〈テスタメント〉——」

囁くような呼びかけに、サイファーの前に光が集う。

光の粒子は瞬く間に物質化し、板状のなにかを生成していく。

紡がれたものは、ひと言で表すなら棺だった。厚みこそ棺には足りないが、少女の体くらいすっぽり覆い隠してしまう大きさだ。盾と呼んでもいいかもしれない。

表面には見たこともないような精緻《せいち》な紋様が刻まれているが、いかなる意図の意匠《いしょう》なのか読み取ることはできない。強《し》いていうなら、血管に似ているだろうか。

――今度はなにを召喚したんだ……？

サイファーはその盾を握ると、しかしその先端をワイバーンに向けるように構える。

とても身を守る行為には思えない。

そうして、ミコトは自分の思い違いを思い知らされた。

「〈テスタメント〉照射します」

パカンと、棺のような盾が中央からふたつに割れ、その隙間に強大な雷が灯《とも》る。

落雷のような轟音《ごうおん》とともに放たれたのは、光の槍《やり》だった。

――これは、〈解き放つ者《キャスター》〉？

ただ、ミコトの銃など比較にもならない高度な代物《しろもの》だ。

大気を焼き、電光をばらまいて放たれた光は、狙い違わずワイバーンの巨体を貫く。

いや、それだけに留《とど》まらずワイバーンを貫いてなお止まらず、空の雲にさえ巨大な穴を穿った。

直後、小さな小屋ほどもあろうかというワイバーンの巨体が爆《は》ぜた。

ワイバーンだったものは真っ赤な破片となってバラバラと落ちていく。

「はわ、はわぁ……」

あまりに凄惨《せいさん》な光景に言葉にならない声を上げていると、光を放ったそれはブシュウッと蒸気を上げて再び盾の形に戻る。

「脅威の消滅を確認。引き続き小型個体を掃討《そうとう》します」

そう言って、今度は森林の上を飛び交う幼翼竜の群れに狙いを定める。

「待って待って待って滅ぼすつもりっ？」

「それがわたしの存在証明です」

「そんな物騒な存在証明しないでよぉっ！」

そう叫ぶと、少女はさも驚いたようにまばたきをした。

「では、わたしはなんのために存在すればいいのですか？」

「それはわからないけど……えっと、もっと楽しいことのために生きたらどうかな？」

銀色の髪をしゃらりとゆらし、少女は困ったように小首を傾げる。

「〝楽しい〟とはどういった状態を定義しますか？」

「えっ？　なんていうかこう、わくわくしたり、ドキドキしたり、心地よかったり……そういう感じ、じゃないかな？」

少女は小さくうなずく。

「楽しい＝わくわくする。ドキドキする。心地よい――認識しました」

それから、自分の胸に手を当てて少女は無機質につぶやく。

「マスター。胸がドキドキしています。わたしはいま〝楽しい〟ですか？」

「そう……なんじゃない、かな？」

それは単に戦意が高揚しているというか興奮したせいではないかと思ったが、ミコトにそれを指摘する勇気はなかった。

まあ、間違ってはいないような気がするし。

──でも、ちゃんと心臓は動いてるんだ……。

液体で満たされた柱の中に閉じ込められていたのだ。本当に生きているのか不安だったのだが、どうやらちゃんとした人間のようだ。

なんとか自分の足で立てるようになって、ミコトはサイファーに向き直る。

それから、手を差し出す。

「また助けてもらっちゃったね。ありがとう」

「はい、マスター」

それからじっと差し出された手を見つめ、やがて怖ず怖ずと握り返してくる。

「これで、合ってますか？　マスター」

「う、うん。合ってるよ」

たったいま翼竜を粉砕した少女とは思えぬ反応に、どういうわけかミコトも嬉しくなった気がした。

――そういえば女の子の手を握るのなんて、初めてな気がする。

迷子の子供の手を引いたことくらいならあるが、同年代の少女というのは初めてで、なにやらうろたえながらもミコトは歩いていくのだった。

破損ファイル―

corrupt file Ⅰ

わたしの名前は皇《すめらぎ》ほのかと言います。

今日から日記を付けるように言われたけど、日記なんて書いたことない。なにを書いたらいいのかな。

えっと、わたしたちは〝御使《みつか》い疾患《しっかん》〟の治療で、今日から軍人になりました。まだ軍人さんにしか使っちゃいけない技術で治療してもらったから、わたしたちも軍人だってことにしなきゃいけないのだそうだ。

明日から訓練が始まるらしいけど、わたし腕立て伏せ一回もできないから、ついていけるか不安だ。

そんなわたしに軍人なんて務まるのかわからないけど、治療さえ受けられずに死んじゃった人はたくさんいる。だから、がんばらないとって思ってる。

わたしの他にも、五、六人くらい同じような理由で軍人になった子たちがいた。

怖そうな子もいるけど、みんなでチームを組むことになるらしいから、仲良くできるといいな。

あ、そうだった。その日の体調とか変化とかを書けって言われてたんだ。

手術の後遺症なのかな。ここに来てから〝痛み〟を感じなくなったみたい。

軍人になったわたしたちは、これから戦わなければいけない。痛みなんてあったら戦えないから、消してくれたんじゃないかな。

ものに触れたり触れられたりする感覚はちゃんとあるから、なんだか変な感じだ。でもわたしは嬉しい。

痛みを感じなければ、お母さんにぶたれても痛くない。

辛《つら》くないし、苦しくない。

そしたら、お母さんも昔みたいに優しくなるのかな。

でも、そのことをセンセイに話したら、なぜか謝られた。

わたしは感謝してるって言ったんだけど、センセイはすごく悲しそうな顔をしていた。

ごめんなさい。

たぶん、わたしが悪いんだと思う。

それからセンセイは〝楽しい〟ことを見つけるよう言ってくれた。

きっとわたしのことを心配してくれたんだと思うんだけど、わたしはあまり楽しい思い出というものは持っていない。

楽しいというなら、いまが一番辛くなくて楽しい気がする。センセイもいい人だし、友達も初めてできた。受験勉強しなくていいし。

そうそう。センセイはなんだか可愛《かわい》い人だ。男の人にこういう感想を抱くのは失礼なのかもしれないけど、背もわたしとあまり変わらないし、いつも慌ててる。

カナタちゃんもそう思ってたみたいで、ふたりでおしゃべりできて楽しかった。

ああでも、センセイの笑った顔だけは、可愛いはずなのに悲しそうというか、陰《かげ》みたいなものがあって、なんだか大人の人なんだって感じがしてドキッとしてしまった。

あと、自分たちのことをナンバーで呼び合うのも新鮮だ。わたしはゼロ番でカナタちゃんは三番。軍隊なんだなって感じがして、ちょっと楽しい。

外は相変わらず大変なことになってるみたいだけど、早く戦争が終わるといいな。戦争が終わったら、きっとお母さんも迎えに来てくれるよね。

第二章　しかしながら最終兵器と呼ぶにはあまりにポンコツで

Chapter 2

「マスター、あれはなんですか？」

「あれは反物屋《たんものや》だね。加工する前の織物《おりもの》を売ってるんだよ」

「マスター、あの人物はなにを配っていますか？」

「あれは……新聞屋《タブや》だね。僕たちにはちょっと早いお店かもしれない」

「マスター、動物の耳を着けている人間がいます。なぜあのような格好をしているのですか？」

「あれは着けてるんじゃなくて獣人族《ベスティエ》っていう種族なんだよ。人間っていうのは彼らも含めた言葉だから、僕たちみたいなのは人族《マンシュ》って言うんだ」

サイファーは表情豊かとは言えないようで、顔だけ見てもなにを考えているのかはよくわからない。

ただ、感情の起伏が少ないわけではないようで、あれこれ興味を示しては楽しそうにしているのが伝わってきた。

サイファーはまた近くを歩いていた鎧姿《よろいすがた》の兵士を指差し、問いかけてくる。

「ではマスター、あれはなんという種族ですか？」

「人族《マンシュ》だよっ？　鎧着てるだけだから！」

　ここはヴァールハイト神皇国皇都アルタール。デウス教を国教とするこの国は、デウス教団による神官魔術で発展した国である。王は国王ではなく教皇であり、街を守る兵士も神官兵と呼ばれている。

　神官将ゲアハルト・ハイゼンベルク率《ひき》いる神官騎士団は、西のヴァイスラント公国機械兵団と並び称される戦闘集団でもあった。

　皇立神官魔術学院はアカデミーとも呼ばれ、毎年魔術師のエリートたちを数多く輩出《はいしゅつ》している。魔術には無数の分野が存在するが、紛《まぎ》れもなく最高峰のひとつだろう。

　そう聞くと厳格《げんかく》な信仰と魔術の国のようだが、神官兵の装備も厳《おごそ》かな装飾が施された儀式鎧なので他国の兵に比べるとずいぶん華やかだ。彼らを見物するために観光客が来るほどで、神官兵の存在自体が一種の観光資源となっている。

　話してみるとみな気さくで、頼めば写真《フォト》くらいはいっしょに撮ってくれる。

　指を差されたのは若い神官兵で、こちらに気付くと人当たりのよい笑顔で声をかけてくる。

「やあ、お嬢さん方、観光かい……って、なんだミコトじゃねえか」

「パトリックさん。お久しぶりです――ひえっ？」

相手は顔見知りの神官兵だった。

ぺこりと頭を下げると、パトリックはいきなり肩を組んで顔を寄せてきた。

（おいおいおい、可愛《かわい》い子じゃねえか。外国人……ヴァイスラントあたりの子か？　変わった格好だが、坊主《ぼうず》も案外隅《あんがい》に置けねえなあ）

（そ、そういうのじゃないですから！）

サイファーに目を向けてみると、彼女は銀色の髪をゆらして不思議そうに首を傾《かし》げている。そんな仕草《しぐさ》のひとつさえ輝いて見えるのはなぜだろう。

――いや、そういうの、なのかな……。

なんだか胸が締め付けられるような感覚でうつむいてしまうと、パトリックは面白そうに口笛を吹いた。

（ははん。こりゃマジってわけか。それじゃあ、邪魔するわけにはいかねえな。今度詳《くわ》しく聞かせろよ？）

（あうう……）

ようやくミコトを解放すると、パトリックは上機嫌で去っていった。

「そこのお嬢さん、よかったら写真でも一枚どうだい？」

そしてもう次の通行人に声をかけてポーズまで取っている。

パトリックの姿が人混みに流されるように消えると、サイファーは小走りにミコトの隣に寄ってくる。

「お知り合いですか、マスター」

「うん。パトリックさんっていうんだ。あんな感じでいつもそこら中の人に声をかけてるから、僕のことも覚えてくれてるみたいだね」

「そうなんですね」

うなずきはしたものの、サイファーはあまり関心のなさそうな様子だった。

「マスター、あれはなんですか？」

次の瞬間には違うものに興味を攫《さら》われたようで、またあらぬ方向を指差す。

皇都だけあって、今日も大通りでは市場《マルクト》が開かれたくさんの観光客を集めている。サイファーにとっては見たことのないものの洪水のようなものらしい。

幾度となく振るってみせたあの魔術とはどこか違う力はなんなのか、なぜあんな遺跡に閉じ込められていたのか、そもそもどこの誰なのか。

未《いま》だになにひとつわかっていない少女だが、初めて街というものを知ったかのように瞳《ひとみ》を輝かせている。

——記憶喪失っていうのとは、違うのかな……？

自分のことをなにひとつ覚えていないという点では記憶喪失のようだが、そもそも覚えていないというより知らないといった様子だ。受け答えはしっかりしているし、そんな自分自身に疑問を抱いている様子がない。

なんというか、見たことがないものが多いというか……こういう言い方は失礼だとは思うが、都会に出てきたばかりの田舎《いなか》の人のような反応である。

——こうしてると、普通の女の子なんだけど……いや、そうでもないか？

ローブを羽織っているとはいえ、奇妙な服装なのだ。そもそも整った容姿であることも手伝って、ずいぶんと人目は惹《ひ》いてしまっている。

おまけにフラフラとあちこちに歩いていってしまうため、何度も呼び止める必要があった。なんだか小さい子の相手でもしているような気分である。

——せめて身の振り方が決まるまでは面倒を見てあげないと！

そんな使命感に駆られていると、サイファーがまたなにかを指差す。

「マスター。あれは馬ですか？」

「あれは馬だね。人が乗って移動……って、馬はわかるのっ？」

そのまま答えようとしたミコトは問い返す形になった。

「該当データあり。古くから人類と共に生活する家畜動物であり、主に移動、競走に用いられています。食用されるケースも存在するようです」

「しかも僕より詳しい。……馬、好きなの？」

「わかりません。ですが直接接触によるさらなるデータ取得を希望します」

「それ、たぶん好きだってことだと思うよ……？」

なにも知らないのかと思えば、そういうわけでもないようだ。わかるものとわからないものの基準が不明だが……。

——獣人族《ベスティエ》を知らないのに、馬はわかるのはなんでだろう？

馬車が一般的ではないとは言わないが、生物としての絶対数を考えれば比較にならないだろう。獣人族《ベスティエ》は人族《マンシュ》と並んで多く、そのふたつの種族だけで人口の七割を占める。

サイファーが小鳥のように首を傾げる。

「マスター。好きとはどういった状態を示しますか？　楽しいとの相違がわかりません」

「えううっ？　いやその……た、楽しいは、状況とか行動にともなうものなんじゃないかな……？　好きは、好きは……なんだろう？　えっと……ものとか、個人とか、そういうのに向けるもの、とか……？」

いや状況や行動を好きと捉《とら》える人だっているが、しかしそれを持ち出すと本当にどう説明すればいいのかわからなくなる。

——僕は女の子相手にいったいなにを言わされているんだろう……。

女の子に対して〝好き〟という概念を語れというのは、新手の拷問《ごうもん》だろうか。額《ひたい》から嫌な汗を伝わせながら、ミコトは必死に言葉を探した。

苦悩するミコトをよそに、サイファーは納得したようにうなずく。

「楽しい＝状況、行動に対する情動。好き＝物体、個人に向ける感情。情報をアップデートしました」

本当にこれでよかったのだろうか。

ミコトがもやもやした気持ちでいると、サイファーはなにか新しいことを発見したように大きくうなずいた。

「なるほど。では、わたしはマスターが〝好き〟のようです」

「へあぅっ？」

ミコトは顔面からずっこけそうになるが、それすらもふわりとサイファーに抱き留められてしまう。細い腕なのになぜか頼もしくて、しっかりと支えられてしまったことでさらに顔が赤くなってしまう。

「マスター。大丈夫ですか？」

「……だいじょばない。サイファー、女の子が男に気安く好きとか言っちゃダメだよ？」

「男ではなくマスターに言ったので問題ないです」

「僕も男なんだけどっ？」

「はい」

本当にわかっているのかいないのか、サイファーは当たり前のようにうなずいた。

――やっぱりこの子をひとりにはできない！

同時に、肩で息を切らせながらも、ミコトもこの状況を嫌だとは思っていないことに気付く。

――そういえば、誰かとこんなふうに歩くのなんて、どれくらいぶりだろう？

祖父が他界して以来かもしれない。

ミコトの傍《そば》に他人が寄りつかないという理由はもちろんあるが、ミコト自身も他人を避けているところがあった。

それがいま、こうして自分から誰かの傍にいようとしている。なんだかおかしな気分だった。

そうして歩いていると、サイファーがハッとしたように足を止めて強い声を上げる。

「マスター。非常事態です。前方より放出される微粒子《びりゅうし》により嗅覚及《きゅうかくおよ》び胃腸に重大なエラーが発生。早急な対処を要請します」

「ごめんね、お腹《なか》減ってたんだね！　なにか食べようか」

ぎゅううっと、サイファーのお腹がすごい音を立てていた。

前方にあるのは、食べ物を扱う露店だ。肉の焼けるにおいに強烈な空腹が誘起《ゆうき》され、サイファーは口の端《はし》からよだれまでこぼしていた。

まあ、遺跡を脱出してからここまでなにも口にしていないのだ。ミコトも空腹を感じてはいた。

ミコトは串肉を数本買うと、サイファーに手渡してあげた。

「はい、どうぞ」

「マスター。ありがとうございます。これは経口接種用物資《けいこうせつしゅ》でしょうか？」

「経口……？　あ、うん。熱いから気を付けて食べてね」

またよくわからない単語が聞こえたが、たぶん食べていいか聞かれたのだろう。ミコトがそう答えると、サイファーは『よし』と言われた子犬のように勢いよく串肉にかぶりつく。

「——ッ、アッツッ」

「ああ！　熱いって言ったじゃないか。大丈夫？」

サイファーは翠玉《すいぎょく》の瞳に涙を浮かべ、その場でぴょんぴょんと跳びはねる。

それでも口の中のものを出そうとはせず、四苦八苦したのちになんとか飲み込んだ。

「口内に甚大《じんだい》な損傷が発生。〝痛い〟を防げませんでした」

「火傷《やけど》しちゃったの？　お水飲む？」

「飲みます」

残りは少ないが水筒を渡すと、サイファーは素直にそれを受け取った。んくんくと音を立てて飲むその姿には無性に庇護欲《ひごよく》が湧いてしまう。

それから、丁寧に両手で水筒を返す。

「損傷の回復を確認。マスター、救助に感謝します」

「そんなすぐには治らないと思うけど、役に立ててよかったよ。残りも食べれる？」

「はい。戦闘を続行します」

なにと戦っているのかは知らないが、サイファーはじっと串肉を見つめる。

まだ湯気が上がるそれに、また無防備にかぶりつこうとするので、ミコトは待ったの声をかけた。

「そのまま食べたらまた火傷するよ？　ちゃんと冷《さ》まさないと……ええっと、こうやってふーふーって……」

隣から顔を出し息を吹きかけて……ミコトは自分の顔が真《ま》っ赤《か》になるのを自覚した。

――僕はなにをやってるんだっ？

出会ったばかりの男にこんなことをされたら普通は引くだろう。

なのだが、サイファーは特に気にする様子もなく、肉にかぶりつく。

「――ッ、マスター。かつてない高揚を確認。未知の現象です」

「えっと、それは〝美味《おい》しかった〟んだと思うよ？」

「美味しい＝多幸感を伴《ともな》う極度の高揚及び興奮状態――認識しました」

「麻薬じゃないんだよっ？」

まあ、よほど気に入ってくれたということなのかもしれない。

ミコトは気恥ずかしさを誤魔化《ごまか》すように自分も串肉へと口を近づける。

「――マスター。対象に同様の熱量を確認。危険です」

「え……？」

サイファーはミコトを制止すると、横から顔を近づけてふーふーと息をかけた。

肉にあたらぬよう、髪をかき上げているおかげで形のよい耳までよく見えた。

――ほわあああああああああああああああああっ？

それは頰《ほお》が触れるほど接近されるということでもあって、ミコトは激しくうろたえた。

「だ、ダメだよサイファー。女の子が気安くそういうことをしたら！」

「……？　マスターはやってくれました。問題点を明確に願います」

「えうぅっ？　それはその……」

先に自分がやったことと言われるとなにも返せない。

答えが見つからなくて、ミコトは肉にかぶりつく。

「……美味しいね」

「はい。マスター」

そうして黙々と肉をかじりながら、通りの端へと避《よ》けようとしたときだった。

「――うわあっ馬車が！」「逃げろ！」「ひいっ」

突然の悲鳴に目を向けると、暴走したらしい馬車がこちらに突っ込んできていた。

◇

道を歩けばなにかしらの不運と遭遇するのがミコトである。

中でも馬車の暴走は週に数回という頻度《ひんど》で発生しており、いつも通りといえばいつも通りの光景である。ミコトは諦観めいた瞳で馬車を見つめ返し――

そこで、自分がいまひとりではないことを思い出した。

「避けてサイファー！」

「――〈リパルス〉――」

ミコトが手を引こうとすると、サイファーは逆にミコトを守るように前に出て両腕を広げる。

そんな少女の体から、光でできた円環が広がった。

ひとつではない。天球儀のように軸の異なる円環が、幾重《いくえ》にも重なっている。

その円環が直径で数メートルまで広がると、暴走馬車はその範囲の中に飛び込んでしまっていた。

直後、突進する馬の姿が、ゆっくりになる。

人は死に瀕《ひん》すると周りがゆっくりに見えるという話を聞いたことがあるが、そういう現象とは異《こと》なる。地面を転がる枯れ葉はそのまま転がっていくし、空の鳥は変わらぬ速度で飛んでいく。馬車以外は正常に動いているのだ。

――いや、馬車だけじゃない。僕たちもだ。

ミコトが取り落とした串肉は、未だ地面に到達することなくゆっくりと落下し、やがてその落下自体も停滞してしまう。

それに手を伸ばそうとしても、その腕がまったく進まない。力が入らないわけではなく進んでいる実感もあるのに、そこまでの距離が無限に続いているような感覚だ。

円環の内側にあるもの全てがゆっくりになって、止まっていく。

馬はまだ走る姿勢のままだ。地面に目を向ければ、よほどの勢いで駆けていたのだろう、四本の足が地面から離れている。なのにゆっくりと進んでいるのだから奇妙である。

速度という概念が減衰《げんすい》していくような、そんな形容しがたい現象だった。

——これも、サイファーがやってるの？

恐る恐る隣《となり》に目を向けてみると、少女の目の前の空間が波紋のように歪《ゆが》んでいた。

馬の方も暴走より困惑が勝ったのだろう。足が地面につくとそのまま動きを止め、やがて馬車は完全に停止する。

そこで円環が消失し、体が動くようになる。

串肉を拾おうとした行為は覚えていたようで、意外にも宙のそれを摑《つか》むことができた。

腕を伸ばすという推力《すいりょく》が働き続けた体と、重力に引かれて自由落下が始まる串肉とでは同じ動くにしても時間差のようなものが発生していたようだ。

奇《き》っ怪《かい》な現象にあんぐりと口を開けていると、サイファーが声を上げる。

「マスター。対象に接触調査を試《こころ》みてもよいでしょうか？」

当のサイファーはというと、目を輝かせて向き直り、そんなことを言っている。

「えっと、怖がらせないように優しくね？」

「了解しました」

そう言うと、サイファーは優しく馬の首を撫《な》でてやる。馬の方はというと、たったいままで暴走していたとは思えぬほど従順になっていた。もしかしたら逆らってはいけないと感じているのかもしれないが。

「マスター。とてもやわらかくてあたたかいです。これは可愛いですか？　より大きな意味合いの言葉が必要です」

「そっかあ。超可愛いとかでどうかな」

「はい。馬は超可愛い。情報をアップデートしました」

「よ、よかったね」

頬ずりまでしている姿を見ると、ミコトも苦笑することしかできなかった。

「お、おい。あんたたち、無事かい……？」

ようやく御者も我に返ったのだろう。恐る恐る声をかけてくる。

「あ、はい。大丈夫です。サイファー、そろそろいいかい？」

「……………」

「サイファー？」

「……はい」

名残惜《なごりお》しそうにキュッと馬の首に抱きつくと、サイファーはようやく馬車から離れた。

初めは怯《おび》えていた馬も最後にはまんざらでもなかったのか、長いしっぽを高くもち上げてサイファーの顔を舐《な》めていた。

馬車が通り過ぎていくと、通行人の興味も引いたのだろう。やがて通りは喧騒《けんそう》を取り戻していく。

それを確かめて、ミコトは小声でサイファーに問いかける。

「サイファー、いまのなにをしたの？　馬車がひとりでに止まったように見えたけど」

「〈リパルス〉は物理慣性を吸収緩和《かんわ》する障壁《しょうへき》です。最大稼働時間十七秒。使用後は数十秒のクールダウンを必要としますが、展開中はあらゆる物理慣性を停滞させます」

「そ……う、なんだ？」

言っていることの意味は半分もわからなかったが、ともかくサイファーが馬車を止めたらしいことはわかった。

――この子は、僕といっしょにいても平気なのかな……？

《人型災害》とまで命名された不運体質は、周囲の人間も巻き込む。

いまのように暴走馬車が突っ込んでくる程度なら避けられなくもないが、突然嵐に巻き込まれたり鉢植えが降ってきたり――

「――マスター、この鉢植えはどうすればいいですか？」

「なんでそんなもの持ってるのっ？」

「この建物の上からマスターの頭部めがけて落ちてきました」

「助けてくれてありがとうね！　鉢植えは扉の前とかに置いといていいと思うよ」

ともかく、いっしょに歩いているだけで命の危険にさらされるのだ。ミコトの傍にいようと考える人間はそうそういない。

なのに彼女は不運に巻き込まれるどころか、正面からねじ伏せている。

それどころか嫌な顔ひとつ見せず、逆にミコトのことを守ろうとしてくれていた。

サイファーのような存在は、初めてだった。

扉の邪魔にならないところに鉢植えを置くと、どこか名残惜しそうに葉をツンツンと突《つつ》く。表情はわかりにくいが、どうやら好奇心は人一倍強いように見える。

それからまたサイファーはミコトの隣を歩いてくれる。

――いい子だな……。

放っておけないし、彼女の力になってあげたい。

そんな気持ちが自然とこみ上げてくるが、現状ミコトの方が守られてしまっている。

ミコトだって男なのだ。

それを不甲斐《ふがい》なく思いながらも歩いていると、やがて繁華街を外れて寂《さび》れた通りへと足を踏み入れる。

ミコトが立ち止まったのは、レンガ造りの古めかしい屋敷の前だった。

周囲の建物は空き家が多いようで、庭も荒れ放題だ。目の前の屋敷も綺麗《きれい》とは言《い》い難《がた》い状態だが、郵便受けにぐちゃぐちゃと手紙やチラシが突っ込まれている。少なくともここを所有している誰かはいるのだろう。

「さて、ついたよ」

門を開けて玄関に進むと、サイファーが首を傾げる。

「マスター。ここはなんの建物ですか？」

「僕の……えっと、なんて言ったらいいのかな。ひとまず今回の依頼人――」

答えながらノッカーに手を伸ばすと、その前にガチャリと扉は独りでに開いた。

「……少年。やはりキミか」

気怠《けだる》そうな声で出迎えたのは、ひとりの女性だった。

◇

それはあたかも徹夜明けにトーストと偽《いつわ》って雑巾《ぞうきん》を口にねじ込まれたかのように、機嫌の悪そうな女性だった。

ミコトよりもさらに背が低いが、これで成人はしているという。緋色《ひいろ》の髪はしゃがめば地に着くだろうほど長く、琥珀色《こはくいろ》の眼を不機嫌そうに細めている。

「ミリアムさん……って、今日はまた一段と先進的な格好をしていますね」

女性――ミリアムは真っ白な外套《コート》状の上着を羽織っているのだが、べったりと赤や茶色のシミで汚れていた。髪の毛もいま目が覚めたと言わんばかりにボサボサで、目の下にはひどい隈《くま》が広がっている。

ミリアムは自分の服装を見下ろすと、なんでもなさそうに首を横に振る。

「ああ、これか……。突然なんの前触れもなくテーブルの脚が折れてね。紅茶とトーストをまともに引っかぶっただけだ。それで恐らくキミが近くにきたのだろうと察したのだが、まあ気にしないでくれたまえ。私は気にしていない」

「すみませんでした！　いますぐお掃除しますね？」

ミコトの不運は周囲も巻き込む。ミリアムはミコトが近づくだけで不運に巻き込まれるなまじ付き合いが長いせいか、機嫌の悪さの正体はこれらしい。

のだ。機嫌の悪さの正体はこれらしい。

慌てて中に上がろうとすると、ミリアムはその首根っこを掴んで止める。

「まあ、待ちたまえ。それよりこの子は何者かね？　ずいぶんと先進的な服装だが」

先ほどのひと言を根に持っていたのか、ミリアムはじろりと玄関からサイファーを見

　サイファーはぼんやりした表情のまま首を傾げるが、そこにボキンッとなにかが折れる音が響いた。

　ハッとしてふり返ると、強風にでも煽《あお》られたのか――それくらいでもげるものではないとは思うが――向かいの屋敷から窓枠ごと外れた窓が飛んでくるところだった。

「危ないっミリアムさん！」

「マスター、下がってください」

　ミリアムを庇《かば》おうとするミコトの前に、さらにサイファーが立ちはだかる。

　下から掬《すく》い上《あ》げるような緩《ゆる》やかな蹴りを放つと、窓は上方へ勢いを逸《そ》らされ、その場で独楽《こま》のように回転する。

　サイファーはそれが落下する前に両手で受け止める。結構な速度があったはずだが、窓にはガラスにヒビが入る程度で大きな損傷もなかった。

　それからサイファーは何事もなかったようにふり返る。

「マスター。これはどこに置けばいいですか？」

「あ、えっと、表に立てかけておいてくれるかい？　あとでお向かいの人にも教えてあげないといけないし」

「了解しました」

サイファーは表の通りに窓を立てかけると、小走りに戻ってくる。それから、ミコトに……というよりその腕に抱きしめたミリアムに目を向ける。

「……いい加減、放してもらいたいのだが？」

「ほあっ？　ご、ごめんなさいミリアムさん」

慌てて飛び退《との》くと、ミリアムは慣れた様子で乱れた着衣を正す。これで頬でも赤く染まっていれば可愛げのひとつもあるのだが、まったく冷めた表情である。

ミリアムはしげしげとサイファーの顔を見つめると、呆《あき》れたように口を開く。

「……まあ、上がりたまえ。キミの行く先でトラブルがないとは考えていないが、私の想定よりだいぶややこしいことになっていそうだね」

「……はい」

なにも言い返せないミコトは、借りてきた猫のように従順に従った。

ミコトたちが通されたのは居間だった。

居間と言ってもソファと背の低いテーブルこそ置かれているが、床の大半は雑多な書類や実験器具などですっかり埋もれている。壁には隙間なく本棚が整列し、そこに古めかしくも分厚い書物がギュウギュウに押し込められていた。

――一昨日《おととい》掃除したばかりなんだけどなあ……。

　ミコトが依頼を受けたとき、この部屋もきちんと床になにも置いてないところまで片付けたはずなのだが、その面影はない。

　ちなみにこれでもまだマシな方で、書庫に至っては棚に入りきらない本が部屋の真ん中でいくつもの山を作っている。何度か片付けようと挑《いど》んだことはあるのだが、個人の力で敵《かな》う相手ではなかった。

「サイファー。この人はミリアム・レオンハルトさん。あの遺跡調査の依頼主で、とても頼りになる錬金術師だよ」

　なんとかサイファーをソファに座らせると、ミコトはそう紹介する。対面にはミリアムが腰掛けている。

　あいにくとここの主人は来客に飲み物を出すという習慣を持っていないため、ミコトが勝手に紅茶を淹《い》れてふたりに出していた。

　台所に向かう途中、ミリアムの研究室にひっくり返ったテーブルが見えた。あれもあとで修理する必要があるだろう。床に落ちたトーストだけは通りがけに生ゴミ入れへと片付けておいたが。

　サイファーに紅茶を出すと、ミリアムには新しい上着を突き付ける。

「ほら、ミリアムさんこっちに着替えてください。その白衣、洗濯しちゃいますから」

「白衣は汚れるものだ。気にしなくていい」

「僕が気にするんです。ちゃんと綺麗な服着てください」

「……やれやれ」

叱《しか》りつけると、ミリアムはいかにもしぶしぶといった様子で上着を差し出した。上着の下は飾り気のないシャツとズボンという格好で、ここにも身なりへの無頓着さが表れている。

この〝白衣〟とかいう上着は、厄災《やくさい》戦争以前の旧世界の衣服と言われている。いまは一部の錬金術師が愛用しているくらいで、一般に流通しているものではない。

なのに、ミコトが洗ってあげなければ、この人はいつまでも汚れたままでいるのだ。

そんなミリアムだが、十二歳のころには飛び級で皇立神官魔術学院を、しかも首席で卒業しているという。

もっとも、そのころからまったく身長が伸びないのが唯一の悩みらしい。せっかくの白衣も丈《たけ》が合わないようで、手首から先も袖《そで》の中に埋《う》もれている。

本来なら学院で教鞭《きょうべん》を執《と》るなり神官騎士になるなり人生が約束された人物のはずが、どういうわけかこんなところで錬金術師に身をやつしている。

「厄災戦争はデウス教からタブー視されているからね」

その研究に手を出したせいで学院を追われたらしい。

ミコトとの付き合いも長く、ときおり今回のような依頼を回してくれるのだった。

サイファーはまたちょこんと首を傾げる。

「マスターはここに住んでいるのですか？」

「住んでいるわけじゃないけど、お世話にはなってるかな？」

そう答えると、サイファーはなにやら難しそうな顔をしてうつむく。

「どうしたの、サイファー」

「なにがでしょうか？」

「いや、困ったみたいな顔をしてたよ？」

「そう、ですか？　わかりません」

サイファーは自分の頬を触れたりつまんだりして、不思議そうに首を傾げる。どうやら自覚はなかったようだ。

そんな様子を見て、ミリアムがようやくおかしそうに吐息をもらす。

「ふふふ、私は少年のご両親に多大な恩があってね。いまは少年の保護者のような立場にいる。キミのマスターは、キミだけのものだ。心配しなくていい」

その言葉に、サイファーは驚いたように自分の胸を押さえる。

「……？　メンタルパフォーマンスの急速な向上を確認。いかなるメンテナンスを施したのですか？」

「なんとも可愛らしいことを言うものだね。……まあ、私はキミの敵ではないということとだよ」

「なるほど。説明に感謝します」

どういうやりとりなのかはわからないが、ふたりの間ではなにか通じ合ったらしい。サイファーはほのかに頬を紅潮させて満足そうな顔をした。

——これなら傍にいなくても平気かな？

ミコトは白衣を抱えてうなずく。

「それじゃあ、僕はお洗濯してきますね。壊れたテーブルも直さないといけな——」

席を離れようとすると、不意にミリアムに服の裾《すそ》を摑まれた。

「……キミには人情というものが欠落しているのかな？　右も左もわからぬような者を初対面の人間の前に置き去りにするつもりかね」

「え、あ……。ごめん、サイファー」

「いいえ、大丈夫です」

確かにミリアムは整った顔貌とは裏腹に、人相はよくない。ひとり置いていかれてはサイファーも不安だろう。

それから、つい意外そうな目をミリアムに向けてしまう。

「ミリアムさんもそういうこと気にするんですね」

「自分の愛想のなさは自覚しているつもりだからね？」

ただ、軽口を返したミコトは気付かなかった。

裾を摑んだミリアムの手が、怯えるように震えていたことに。

◇

サイファーの隣に座ったミコトは、これまでのことを掻《か》い摘《つ》まんで話し始める。

「ミリアムさん。この子はサイファーというんだけど、あの遺跡の調査で――」

サイファーと出会った経緯を説明する間、ミリアムは一度も口を開かなかった。もともと表情の変化に乏《とぼ》しい人物ではあるが、いまは眉間に皺《しわ》まで寄せて険《けわ》しい表情だと言えるだろう。

「――という感じなんです。記憶喪失とはまた少し違うみたいなんですけど、サイファーのことなにかわかりませんか？」

ミリアムは、すぐには答えなかった。

険しい表情のまま紙煙草《かみたばこ》をくわえると、気を落ち着けるように深く紫煙《しえん》を吐く。

――どうしよう。ミリアムさんがこんな顔をするの初めて見た。

どうやらミコトは問題を持ち込んでしまったのかもしれない。

ほどなくして、ミリアムはまだ残っている煙草を灰皿でもみ消すとサイファーに目を向けた。

「いくつか質問がある。キミ、サイファーくんと言ったね」

「はい」

「まず、キミは人間なのかね？」

「ミリアムさん？　なんてこと言うんですか」

この世界には、魔術や錬金術によって生み出された〝人に似た人ではないもの〟というのは、確かに存在する。人造人間《ホムンクルス》や自動人形《オートマトン》などである。

とはいえ、人造人間《ホムンクルス》は倫理の観点から製造が禁止されており、自動人形《オートマトン》はそもそもコストが高すぎてよほどの金持ちか変人の錬金術師くらいしか所持していない。普通はお目にかかれるものではなかった。

あまりといえばあまりの質問だが、しかしサイファーはというと当然のことのように首を横に振った。

「不明です。〈プエラ・エクスマキナ〉は対神性生物を目的に製造されていますが、製造に関する情報はロックがかかっています。ですが現状、判明している生態は人間のそれに酷似《こくじ》していると判断できます」

それは、サイファー自身も自分が何者かわかっていないということだった。

「ど、どういうこと？」

「少年。人族《マンシュ》は得体の知れない液体に浸《つ》けられても三百年は生きていられないし、当時の技術で詠唱もなしに魔術を操ることもできない。もちろん、結晶蝶《けっしょうちょう》の翅《つばさ》で空を飛ぶこともね。であれば、彼女は人間なのかという問いに帰結する」

「さ、三百年……？」

いきなりそんな数字が出てくるとは思わず、ミコトは面食らった。

「キミが調査していた遺跡は三百年前の代物《しろもの》だ」

「いや、誰かがあとから閉じ込めたのかもしれないじゃないですか」

「その遺跡よりもさらに百メートルも地下の、出入り口があるかすら定かではない遺跡にかね？　あの辺りは古くからデウス教団が管理しているため、一般人は近づくだけで重罪だというのに」

「そんなところに僕は行かされてたんですかっ？」

ミコトが愕然《がくぜん》とすると、ミリアムはようやく少しだけ意地の悪そうな笑みを浮かべた。

「気にしないでくれたまえ。許可は取り付けてある」

「ホントかなあ……」

とはいえ、これでもミリアムは考えなしに他人を危険に追いやる人間ではない。許可を取ってあるのは本当なのだろう。

ミリアムはサイファーに視線を戻す。

「話を戻そうか。ではその神性生物とはなにを指すのかわかるかね？」

「不明です。敵性勢力と設定されていますが、詳細データは確認できません」

ミコトは首を傾げた。

――ということは、サイファー自身は戦ってないの？

あれだけの力があって、しかもとても戦い慣れているような動きだったのだ。これはどういうことなのだろう。

ミリアムは続けて質問を投げかける。

「キミが拘束されていたという遺跡に関しては、なにか情報はあるかね？」

「避難シェルターの一種だった模様です。〈プエラ・エクスマキナ〉の修復設備が残っていたことから軍事施設と推定できます」

修復設備――その単語から、ミコトは自分が思い違いをしている可能性に気付いた。

――もしかして、サイファーはあそこに閉じ込められてたんじゃなくて、治療を受けていた？

だとしたら、ミコトはそれを破壊して無理矢理引きずり出したということになるのではないか？　もしかすると、それで記憶に障害が出ているのではないだろうか。

青ざめるミコトをよそに、ミリアムは質問を続ける。

「軍……。キミを使役《しえき》していたのは人類という認識で間違いはないかね？」

「はい。現在、人族《マンシュ》と呼ばれている種族が該当します」

「その施設に搬入されるまでの状況は説明できるかね？」

「記録が残っていません。破損により読み込み不能ですが、稼働記録と思《おぼ》しきファイル名がいくつか確認できます。よって戦闘による損傷から搬入されたものと推測できます」

この返答に、ミコトはうなった。

自分はあんなところに閉じ込められていた理由を聞いてはみたが、推測できるかは聞かなかった。だからサイファーは〝知らない〟としか答えなかったのだろう。

ここでミリアムはピクンと片眉を跳《は》ね上《あ》げた。

「では、キミには失われた記憶があるということかね？」

「はい。オフラインで起動したため、記憶データの復元に失敗した模様です。マスターサーバー〈セプテントリオ〉とのリンクが回復すれば、バックアップの取得は可能と推定されます」

「セプテントリオ……？　魔星〈セプテントリオ〉のことか？」

「現在に於《お》ける呼称は不明です」

ミリアムはまた考え込むようにうつむく。

「ミリアムさん、そのセプテンなんとかって、なんのことか知ってるんですか？」

「三百年前の厄災戦争で墜《お》ちたとされる星があるのだ。それが〈セプテントリオ〉と呼ばれているのだが……」

それが、サイファーの言ってるものなのだろうか。

ミコトが問いかける前に、サイファーが口を開く。

「現状からすでに撃墜ないし機能を停止された可能性は高いと推測できます」

「……なるほど。であれば、キミが所属していた軍あるいは組織の顛末《てんまつ》はどう推測するかね？」

「周辺データの変貌から、人類側の敗北ないし文明を維持できないほどの打撃を受けたものと推定できます」

つまり、サイファーたちは負けたのだ。

胸が痛くなる気持ちで聞いていると、ミリアムは小さく息を吐く。それから意を決したような表情で口を開いた。

「では、最後の質問だ」

「キミは、人間を攻撃できるのかね？」

「なっ――」

ミコトは思わず声を上げるが、サイファーの答えは冷静だった。

「民間人への攻撃は許可されていません」

それは当然だろう。まだ出会ったばかりだが、サイファーは他人を傷つけるような少女ではない。

だが、ミリアムはさらに問いかける。

「それは、許可があればできるということかな？」

「マスター以上の権限であれば可能です」

命令されれば攻撃できるという答えに、ミコトは背筋が冷たくなるのを感じた。

「現状、少年以外にそれが可能な者は存在するかね？」

「マスターサーバー〈セプテントリオ〉が失われたと仮定すると、新規に権限を付与することは不可能です。よって、存在しません」

その答えに、ミコトはホッと胸をなで下ろす。

少なくとも、自分が変なことを言わない限りは、サイファーもそんなことはしないということだ。

そこまで聞くと、ミリアムはドッとソファの背もたれに身を埋《うず》めた。

「結構。私からの質問は以上だ。答えにくい質問にもよく答えてくれた。感謝する」

もしかするとミリアムの方も緊張していたのかもしれない。もう一度紙煙草に火をつけ、ため息とともに紫煙をくゆらせる。

沈黙。

サイファーも会話が終わったことで黙々と紅茶に手をつけている。

「えっと、それで結局どういうことだったんですか……？」

恐る恐る問いかけると、ミリアムは心底驚いたように目を丸くする。

「キミ、話を聞いていなかったのかね？」

「聞いてたけどわからなかったんですってば！」

「……他人に知性を求める行いはひどく虚《むな》しく滑稽《こっけい》だね。アカデミーで身に染みていたはずなのに、忘れていたよ」

なんだかものすごく失礼なことを言われたような気がして、ミコトは屈辱《くつじょく》にプルプルと震えた。

「少年にもわかるよう言語化するとだね。……キミ、厄災戦争についての概要《がいよう》を述べてみたまえ」

「え、その……三百年前に《厄災》というなにかから襲われて、滅《ほろ》びる寸前だった人類は神さまから力を与えられて戦った……という感じですかね？」

「デウス教のありがたくも通俗極《つうぞくきわ》まりない教えによるとその通りだね」

ミコトもそれほど信仰心が高いわけではないが、神官魔術学院の主席卒業者から信心の欠片《かけら》もない言葉を聞いたことに苦笑を禁じ得なかった。

「その戦いだが、神とやらから力を授かる前も人類は抵抗しなかったわけではあるまい。であれば、魔術とは異なる力を振るうという彼女は、言うなれば当時の〝最終兵器〟だったのではないかな」

そして、負けたのだ。

負けてしまったから、当時の記録はろくに残っていないのだろう。

「じゃあ、その神性生物っていうのが《厄災》だったってことですか？」

「……そういう考え方も、あるだろうね」

なにやら含みのある言い方だったが、ミリアムの表情は追及を拒《こば》んでいるように見えた。聞いてもはぐらかされる気がする。

それから、ミリアムはミコトに視線を向けてくる。

「それで、少年。キミは彼女をこれからどう扱うつもりかね？」

「え、僕がですか？」

そこで自分に話を振られるとは思わず、ミコトは面食らった。

「どう、と言われても……。まずは住むところとか、食べていく手段が必要ですよね」

「住む場所や職が必要なら、私が善処しよう。その程度の要求なら聞いてくれる知り合いもいるからね。彼女が求めるなら、彼女の過去に関しても調べることも約束しよう」

ミリアムにしては驚くほど親身な言葉だった。

だが、それは同時にサイファーの傍にいるのがミコトである必要はない……いや、ミコトよりもミリアムの方が力になれるという事実でもあった。

ミリアムはテーブルの上で手を組むと、じっと試すような眼差しを向けてくる。

「私が聞いているのは、キミがこの先も彼女と関わっていく気があるのかということだ」

サイファーのことを放っておけない。

そうは思っていたが、自分のことを〝マスター〟と呼ぶ彼女とこの先どう付き合っていくのか、ミコトは考えていなかった。

だってミコトはいつだって独りだったから。

他人といつまでもいっしょにいるわけにはいかなかったから。

唯一、長く付き合ってくれているミリアムですら、近寄れば今回のような被害に見舞われているのだ。

いっしょにいればサイファーだって……。

そう考えて、ミコトは「あれ？」と首を傾げる。

本日、ミコトの身に降りかかった不運の数は恐らく過去最多だろう。にも拘《かか》わらず、サイファーは顔色ひとつ変えずその全てを真《ま》っ向《こう》からねじ伏せ、あまつさえ暴走した馬や落ちてきた鉢植えさえも傷つけずに収拾をつけてしまった。いっしょにいれば相手を巻き込むなんて言い訳は、サイファーに対しては意味を持たないのだ。

隣を見てみると、サイファーがじっと見つめてきている。その手が、キュッとミコトの服の袖をつまんでいることに、気付いてしまった。

「どう関わっていけばいいかなんて、僕にはわかりません。でも……」

ミコトはサイファーに向かってうなずく。

「サイファーさえよければ、僕はいっしょにいたい、と思ってます」

「マスター」

そう言って笑いかけると、サイファーは頬まで紅潮させて瞳を輝かせた。

ミリアムは穏やかに微笑《ほほえ》む。

「……なるほど、わかった。私も可能な限りは力になろう。まあ、あまり大したことはできないがね」

「いえ、ありがとうございます、ミリアムさん」

ミコトひとりなら、こんなふうにサイファーのことを知ることはできなかった。

「気にしなくていい。それより、白衣を洗ってくれるのだろう？　よろしく頼むよ」

「じゃあ、ちょっと行ってくるね、サイファー」

「はい。マスター」

そう言って居間をあとにする足取りは、自分でも不思議なくらい軽かった。

◇

「え、ふたりともなにしてるの？」

汚れた白衣――風呂場を覗いてみたら実に三着もあった――を洗濯し、壊れたテーブルを修理していると外はすっかり暗くなっていた。洗濯は明日に回した方がよかったかもしれないが、放っておくとシミになるため強行した。

そうして食事を作ろうと厨房《ちゅうぼう》に入ると、驚いたことにミリアムとサイファーが並んで立っていた。

すでにあらかた完成しているようで、美味しそうな香りが漂っている。

「センセイ。肉の切断が完了しました」

「ご苦労。なかなかよい手際だ。では一枚ずつ鍋に入れてくれたまえ」

「はい」

ふたりとも長い髪を後ろで束ね、エプロンまで着けている。サイファーが着けているのは普段ミコトが使っているものだが、ミリアムが自分用のエプロンを持っているのは意外だった。

踏み台が必要なほどではないが、ミリアムには厨房の流しは少々高いようで洗い物がやりにくそうだ。

こうして並ぶと、なんだか姉妹で料理を作っているような微笑ましさを覚える。どちらが姉かの議論は不毛だろうとも。

「……少年、なにか失礼なことを考えてやしないか？」

なにやらじとっと睨《にら》まれた気がしたが、ミコトは気付かないふりを貫いた。

誤魔化すように、ミコトは同じ質問を繰り返す。

「そ、それで、なにしてるんですか？」

「なにって、料理以外のなにに見えるのかね？」

「ミリアムさん、料理なんてできたんですか？」

「……少年。キミは何度も私の手料理を食べているのだがね？」

批難がましく睨まれ、思わず視線を逸《そ》らしてしまった。

ミリアムはこれみよがしにため息をつく。

「やれやれ。小さいころはあんなに嬉《うれ》しそうに手料理を食べていたというのに、キミの記憶能力には疑問を抱かざるを得ないな」

「センセイ。外部記憶媒体を獲得することでバックアップは可能です」

「サイファーくん、キミは素直で好ましいな。旧世界文明を解き明かしたら、いずれその施術も視野に入れたいものだ」

「はい」

なんだかとんでもないことを言われている気がするが、ミコトが気になったのは別のところだった。

「ところでサイファー、そのセンセイってなんだい？」

「記憶領域に該当データあり。人類は白衣をまとう人物を〝センセイ〟と呼称していたようです」

サイファーの説明に、ミリアムはふふんと胸を張る。

「アカデミーでは博士の称号を持っていたからね。センセイという呼称はあながち間違いではない。少年、キミも私には敬意を払いたまえ」

「ミリアムさんのことはいつだって尊敬してますよ？」

「……少年、皮肉には皮肉を返すものだ。覚えておきたまえ」

呆れたように頭を振って、ミリアムはサイファーに目を向ける。

「サイファーくん。今回は香辛料から作ったが、香辛料が手に入らなかったときは塩などで味を調《ととの》えるといい。出汁《だし》の取り方を覚えておけば、あとの味付けはあり合わせでもなんとかなる。……手順は記憶できそうかね？」

「はい、センセイ。記録しました」

そんな姿に、ミコトは思わず「へえ」と声をもらしてしまう。

「なにかね？」

「いや、サイファーに料理を教えてくれてたんですね」

彼女はサイファーに料理を手伝わせているのではなく、一からやり方を教えてくれているのだ。

「衣食住のうち、もっとも努力を要するのは食事だよ。衣類は人目さえ憚《はばか》らなければどうとでもなる。住居も根無し草の生活を許容できれば耐えられよう。だが、食事だけは道ばたの雑草で済ますというわけにはいかないからね」

だから、まず料理の手解《てほど》きをしてくれたのだ。

「ミリアムさんが授業をやってくれる学院なら、僕も行ってみたかったです」

「やめておきたまえ。自分で言うのもなんだが、私は人にものを教えるという行為が絶望的に向いていない」

苦虫をかみ潰《つぶ》したような顔をするミリアムに、ミコトは首を横に振る。

「サイファーにはちゃんと教えてくれてるじゃないですか」

「はい。カレーのレシピを学習しました。非常に有意義な情報に感謝します」

ミリアムは驚いたように目を丸くすると、小さく苦笑する。

「私から与えられるものは少ないものでね。これくらいの手向《たむ》けは送るとも」

「手向けって、お別れみたいな言い方しないでくださいよ。僕たちは死ぬつもりはありませんから」

「……ふふふ。キミたちは大丈夫だとも。心配しなくていい」

またなんだか含みのある言い方だったが、ミリアムの楽しそうな表情を見ると指摘する気にはなれなかった。

しかしこんなに親身になってくれたのは意外で、ミコトも素直に感謝した。

夕食はミリアムとサイファー手製のカレーで、食べてみるとなんだか懐《なつ》かしい味がした。確かにミコトは昔、このカレーを食べていたようだ。

遅めの夕食が終わると、ミリアムはサイファーを風呂へと連れていった。

ミコトはその間に食器を洗い、客間を簡単に掃除してサイファーが寝られる空間を作る。自分にはいつも使わせてもらっている部屋があるので、そちらは掃《は》き掃除《そうじ》くらいで十分だろう。

それらの作業が終わるころ、サイファーとミリアムもお風呂を上がってきた。

「マスター。お風呂ごちそうさまでした」

「そういう言い回しは知ってるんだ」

「センセイが教えてくれました」

隣を見ると、ミリアムが『感謝したまえ』といった面持ちで胸を張っているのが鼻持ちならない。

それから改めてサイファーの格好を見て、ミコトは自分の顔が赤くなるのを感じた。

当然のことながら、サイファーは服も持っていない。だから寝衣にミコトの服を貸したのだが、背丈は同じくらいなので大きさもちょうどよかったようだ。

ただ、ミコトになくてサイファーにあるものがある。

ミコトのシャツでは、胸回りがキツかったようで、ボタンがはじけ飛びそうになっていた。他は余裕があるのに部分的に窮屈そうな姿は、ミコトには少々刺激が強かったかもしれない。

「ぼ、僕もそろそろお風呂に入ってくるね！」

「はい。いってらっしゃいです。マスター」

慌てて駆け出すミコトをサイファーはパタパタと手を振って見送ってくれる。

だが、ミリアムには見透《みす》かされていたようで、ニヤニヤと楽しげな視線を向けられてしまった。

そうして脱衣場に入って、ミコトは膝《ひざ》を突《つ》きそうになる。

「……ミリアムさん、あの人自分の性別が女だってわかってるのかな？」

脱衣場にはシャツや下着までもがぽんぽんと床に投げ出されていた。白衣だけは壁にかけてあるのが貴重な進歩だろう。

まあ、ミリアムとは幼いころからの付き合いである。いまさら下着くらいでうろたえはしないが、サイファーが真似をしたらどうするつもりなのだ。

心を無にして洗濯用のカゴに散乱したものを放り込んでいって、ふと首を傾げる。

――あれ？　サイファーの服が見当たらない……？

あの目立つ衣装は洗濯カゴの中にも床にも落ちていなかった。

やましい気持ちはないと言いたいが、あの奇妙な服をどうやって洗えばいいのか頭を悩ませていたのだ。

まさかあの寝衣の下に着ているわけではないかと、少々不安になった。

まあ、さすがにそんなことになる前にミリアムが止めてくれるとは思うが、あの人も身の回りのことは本当にダメなので確証はない。

一抹《いちまつ》の不安に駆られながらも、浴室に入って体を洗う。

頭から湯をかぶると、体中に滲《し》みた。何度も転んだし、亀裂《きれつ》から転落したりもしたのだ。気にしている余裕がなかっただけで、細かい切り傷などがあちこちにできていた。

――サイファーは大丈夫だったかな……？

彼女もミコトをかばって手を怪我《けが》していたはずだ。

そのことはミリアムに話してあるので善処してくれたとは思うが、気をつけても滲みるものは滲みる。

そんなことを気に懸《か》けながらも、体を洗い終えて湯に浸かる。

「あー、滲みるぅ……」

長い一日だった。

遺跡調査を始めてから水浴びもできていなかったので、実に三日ぶりの湯船である。

おじさんくさい声を漏らしながら、手足をもみほぐす。

それから、頭の中に浮かんだのは先ほどのミリアムの言葉だった。

――私が聞いているのは、キミがこの先も彼女と関わっていく気があるのかということだ――

ミコトは、サイファーといっしょにいたいと答えた。

自分からそんなことを言ったのは初めてだと思う。

いっしょにいたところで、自分になにができるだろうか。

不運体質もあって、他人に迷惑ばかりかけてきたのがミコトだ。ミリアムにはお世話になっているが、そもそも誰かといっしょに行動するということ自体が希《まれ》なのだ。

まずは足手まといにならないことから考えた方がいいくらいの段階である。

だが、ただでさえ守ってもらっているというのにそれではいくらなんでも情けない。

それに——

——なるほど。では、わたしはマスターが〝好き〟のようです——

「がっぽぼっぽっぽごぼぼっ！」

思わず声を上げそうになって、ミコトは湯船に顔を沈める。

いや、わかってはいるのだ。

サイファーがなぜミコトをマスターと呼ぶのかはわからないが、そのマスターだから好意的に見てくれているのだ。

サイファーが言っているのは恋愛の〝好き〟ではなく、友人や家族に対する〝好き〟だろう。

——でも、僕はどうなんだろう……。

サイファーと初めて視線が合ったとき、見蕩《みと》れて顔が熱くなってしまった。

——は、裸だって見ちゃったし……。

不可抗力とはいえ、女の子の体を見たのは初めてだった。

それは淫靡《いんび》というより芸術品かなにかのようで、神聖ですらあったかもしれない。思い返すのは失礼かもしれないが、未だにまぶたに焼き付いて離れなかった。

——というか、あれ？ よく考えたら僕、自分の水筒普通に貸してなかったっけ？

そんなことを気にしている状況ではなかったとはいえ、同じ水筒で回し飲みしていたのだ。つまるところ間接キスと言えなくもないことを繰り返していたことになる。

「ごぼぼぼっぼっがっぼぼっ」

煩悩《ぼんのう》を振り払うように、ミコトはまた湯船に頭を突っ込む。

そのまま危うく窒息《ちっそく》しそうになって、ようやく我に返る。

——こんな気持ちは、初めてだ……。

サイファーのことを考えると、どういうわけか平常心でいられない。

彼女といっしょにいると、心臓が早鐘《はやがね》を打つ。

結晶蝶の翅で空を舞ったとき、そのあと成体のワイバーンを一撃で粉砕したとき。かと思えば無防備に顔を近づけて串肉に息を吹きかけたり、馬を撫でてみたりとはしゃいでいたり。突拍子もない質問で狼狽《ろうばい》させられたこともあれば、会話がかみ合っているのかいないのかとんちんかんな答えが返ってきたり……。

「……って、あれ？　そういうのは好きのドキドキなのかな……？」

今日一日の出来事をふり返って、ミコトは首を傾げる。

それは恐怖や動揺、あとは小さい子を放っておけない不安のようなものではないだろうか？

——け、結論を急ぐのはよくないよね！

自分の気持ちがどういったものなのかという命題に結論を出すにはまだ早い。

まあ、いっしょにいるための理由を探している時点で答えは出ているのだが、遅めの思春期を迎えたばかりの少年に自覚しろというのも無理な話だった。

それよりも気がかりなのは、ミリアムが指摘したことだ。

「サイファー、記憶に欠落があったんだ……」

なにも記憶がないわけではないらしいが、なんのためにあんな力を持っているのかもわからないというのは、不安なのではないだろうか。

——それに、明日からの調査はどうしようか。

サイファーと出会った遺跡はすでに壊れていて、手帳に記した以上の情報が出てくるかは怪しい。もちろん調査は終わっていないが、サイファーの過去に繋《つな》がるものがあるとは思えなかった。

それに、本日の地震でだいぶあちこち崩れてしまったようだ。

調査するにしても、接近するためのルートを構築するところからやり直さなければならない。時間のかかる作業だった。

とりとめもないことに考えを巡らせ、ミコトは湯船に口元まで浸かる。

——サイファーのこと、調べてあげたいな……。

ぶくぶくと息を吐いて湯船に泡を立てる。

「……って、これサイファーが入ったお風呂だった！」

女の子が浸かったお風呂でなにをやっているのか。

ミリアムが聞いたら『私も性別的には女なのだが？』と氷のような視線を向けられるだろうが、思春期の少年は誰もいない風呂場で懊悩《おうのう》した。

◇

「……騒がしいな。まあ、少年もようやく思春期を迎えたということか」

風呂場で悶絶《もんぜつ》するミコトの痴態《ちたい》は、居間にまで届いていた。

そんな騒音に耳を傾けながら、ミリアムはサイファーの髪を乾《かわ》かしてあげていた。

「ところでサイファーくん。キミの衣装、勝手に消えてしまったがどういった仕組みになっているのかね？」

風呂に入るとき、サイファーの衣装は脱ぐまでもなく独りでに解けるように消えてしまったのだ。ミコトも脱衣場に衣装がないことで首を傾げたかもしれない。

彼は召喚魔術のように認識したようだが、ミリアムの目にはそうは見えなかった。

サイファーは小さくうなずいて答える。

「〈スクアーマ〉は体表部ナノマシンを剝離《はくり》変質させることで精製しています。廃棄時は再びナノマシンに分解、回収しています」

「……ふむ？　では、あれは衣服ではなく鱗《うろこ》や甲殻《こうかく》の一種ということになるのかね」

「その認識で問題ないと思われます」

つまるところ、衣装のように見えても体の一部だったということだ。であれば、あのような形状になるのも必然だろう。

──これは少年には黙っておいた方がいいだろうねえ。

結局服など着ていなかったわけだ。ミコトには刺激が強すぎる話だろう。

「分解されるのにはなにか理由があるのかね？」

「ナノマシンのリサイクル及び機密保持のための機能と推測されます」

「機密の相手は敵性勢力かね。それとも人間かね？」

「両方だと思われます」

少なくとも、サイファーがいた時代にはまだ機密という概念が生きていた、あるいは必要とされていたのだ。

——しかしその〝ナノマシン〟とやらには物質を構成分解するような力があるのか。

実際にどんなものなのかは想像することしかできないが、サイファーは召喚ではなく精製という言葉を使った。

これは錬金術そのものと言っていいだろう。元となる素材がナノマシンという目に見えないものだったから、ミコトには召喚魔術に見えたのだ。

——であれば、少年をマスターと呼ぶ根拠もそのあたりに秘密がありそうだね。

ミコトの話では、最初の接触時に血液が付着したという。

その〝ナノマシン〟とやらがサイファーの体を包むように、あるいは体内に存在するものだとしたら、血液からなにかしらの情報を読み取り、一種の〝契約〟が成立してしまった可能性は否《いな》めない。

なぜなら血液による烙印《らくいん》は、魔術でも最も一般的で強固な契約のひとつなのだから。

有意義な情報に気分の高揚を感じるが、そこでミリアムは我に返る。

「キミ、あの衣装は他の衣服の下に着ることはできるのかね？　ローブを羽織る程度ではいずれ問題になるだろう」

「可能ですが、耐久できる衣服が存在するか不明です」

「ふむ。耐えられないのか……」

ミコトからの報告ではサイファーは背から翅を生やしたり、ワイバーンの成体を一撃で粉砕するような力を振るっていたとのことだ。

魔術で編《あ》んだ強化繊維でも耐えられるかは微妙なところだろう。破れてから駄目でしたでは衆目にあられもない姿をさらすことになる。

うなるミリアムに、サイファーはふと思い出したようにつぶやく。

「記憶領域に適合データあり。即時換装《かんそう》可能な衣服があるようです」

「あるのか」

「ですが防衛機能が搭載されておらず〝痛い〟を防ぐことは困難です」

その答えに、ミリアムは少しだけ微笑ましさを覚えた。

「キミでも痛みは苦手なのだね」

なのだが、サイファーはふるふると首を横に振る。

「マスターから、可能な限り避けるよう命じられています」

「……あの子らしいな」

もしもサイファーに自己防衛を優先する意識がないのだとしたら、ミコトの命令とやらはとても大切な役割を担《にな》ったことになる。

それから、ミリアムは感心したようにつぶやく。

「旧世界の話は実に興味深い。感謝するよサイファーくん」

「わたしもセンセイとの会話からは刺激と高揚を得られて、感謝を抱いています」

それから、胸に手を当てると、至極《しごく》真剣な声音でこう続ける。

「新たに情報を取得し、アップデートする作業に、わたしは〝楽しい〟を感じているようです」

とても人間らしい答えに、ミリアムは素直に好感を抱いた。

「ほう、知識欲か。キミは存外に私と感性が近いのかもしれないな」

ミコトが聞いたら変な道にサイファーを誘うなと怒られそうだが、知識を得ることで満たされる欲求というものも、確かに存在するのだ。

――それだけ、少年との時間を好ましく思っているということかもしれないね。

サイファーが目覚めてからものを教えていたのはミコトだ。彼らは上手《うま》くやっているのかもしれない。

「キミは魔術師に向いているかもしれないね。魔術の素養があるかは、調べてみなければわからないが……とはいえ、これもキミの時代にはなかった概念か」

やはりというとか、サイファーは好奇心の疼《うず》いたような声を上げる。

「センセイ、魔術とはどのようなものですか？」

「簡単に言うと〝神さまから力を借りて奇跡を起こす手法〟だよ。この世界にはどうやら神と呼ばれる力ある〝なにか〟が確実に存在している。そんな彼らの力を、人の身で操ろうというのが魔術の本質だよ」

「マスターは魔術を使えないと言いました。魔術を使える者と使えない者の違いはなんですか？」

「端的《たんてき》に言うと、その〝神さま〟とやらの声を聞けるかどうか、だね。第六感というものの延長と考えたらいい。神の存在を感じられる者が魔術を扱えるというわけだ」

魔術は三百年前、神から人類に与えられた力である。厄災戦争を乗り越えてからの歴史は、この魔術という力との付き合い方を考える歴史でもあった。

そう説明すると、サイファーは納得したように口を開いた。

「記憶領域に類似データあり。〝御使《みつか》い疾患《しっかん》〟――神性生物を目撃した人類に発生する症例です」

予期せぬ言葉に、ミリアムも目を丸くした。

「御使い疾患……？」

「症状は幻覚幻聴及び頭痛嘔吐《おうと》など。症状が進行すると死に至り、当時の人類は神性生物による物理的な破壊以上にこの〝御使い疾患〟によって打撃を受けていた模様です」

ミリアムは目を見開いた。

──《厄災》によって疫病《えきびょう》が蔓延《まんえん》していた……？

それはデウス教団の管理していない情報だった。

ただ、それが魔術とどう繋がるのか、サイファーは言葉を続ける。

「ただし、一部の患者に手を触れず離れた位置のものを倒すなどの現象を確認。〈プエラ・エクスマキナ〉機密への紐付《ひもづ》けされていることから、同シリーズの開発理念《コンセプト》に関わる事例と推測されます」

サイファーが戦っていた〝神性生物〟とやらによって、人類は進化と淘汰《とうた》の岐路に立たされたということになる。

そこでどの程度が生き残ったのかはわからないが、生き延びた人類には新しい力が与えられていた。

──それが魔術のルーツだとするなら……。

危険な推理が顔に出ないよう呑《の》み込《こ》むと、ミリアムはサイファーの肩をポンと叩《たた》いた。

「興味深い話だった。ありがとう。……さて、そろそろ少年も上がってくるころかな？」

そう告げるのと、脱衣場の扉が開く音が聞こえるのはほぼ同時だった。

なにか考え事でもしていたのか、ずいぶんと火照《ほて》った顔で出てきたミコトを横目に、ミリアムは小声で囁《ささや》く。

（先ほどの話は女同士の内緒話で頼むよ？）

（はい、センセイ。わたしは楽しかったです）

（ふふふ、私も楽しかったよ）

そんな様子に、ミコトも目を丸くする。

「あれ、ずいぶん仲良くなったんですね？」

言われてみれば、ミリアムはサイファーの肩に手を置いたままだった。

ミリアムは見せつけるように少女を抱きしめる。

「羨《うらや》ましいかね？」

「う、羨ましいわけじゃないですから！」

顔を真っ赤にして両手を振る少年の姿に、ミリアムも思わず顔を緩める。

——どうか、キミたちはそのままでいてくれたまえ。

子供たちを守るのはいつだって大人の役目だ。

だから、彼らにはなにも知らないまま幸せでいてほしい。

破損ファイルⅡ

corrupt file II

今日からセンセイのことをマスターと呼ぶことになった。

呼称が変わるということは階級が上がったのだろうか。だとすればきっといいことなのだろう。

そうなった理由のひとつに、〝御使《みつか》い疾患《しっかん》〟の感染拡大があるそうだ。

最初はわたしたちだけだったのに、いつの間にか世界中に広がっている。ジョウソウブというところでもそれがあって、マスターも役職を得る必要が出たらしい。

その〝御使い疾患〟で、わたしのオカアサンという人間も死んだと聞いた。

マスターにそれはどういう人なのか聞いてみたら、泣かせてしまった。

あんなに悲しそうに泣くマスターは初めて見た。わたしは悪いことをしてしまったのかもしれない。

そのオカアサンという人間はわたしを作った人のひとりらしい。開発に関わっていた人物なのだろう。

その人間が失われるということは、〈プエラ・エクスマキナ〉シリーズの開発にも影響を及ぼすのではないだろうか。

それはとても困ることだ。

新しく来た子たちはすぐに死んでしまう。

生還できても、精神が壊れてしまう子も多い。

結局生き残っているのはわたしを含めた初期ロットの数人だけなのに、補充が断たれたらいずれここも陥落《かんらく》してしまう。

いや、初期ロットにもすでに不具合は出てきているのだろう。

いつだったか三番が、わたしのことを前とは別人のようだと言っていた。それが事実なら、わたしたち自身も変化を自覚できないことになる。

それに三番が死んだとき、戦場だというのになぜか涙が止まらなくなって行動不能に陥った。他の子たちが死んでもそんなことはなかったのに……。

いや、そうだったろうか。

最初のうちは同様の不具合を起こしていたのではないだろうか。

でも、これが不具合だというなら、元の方が不完全だ。それが改善されたのはいいことである。

そのはずなのに、なにか重要なものを失ったような気がした。

第三章　そんな彼女は最終兵器レベル1だったようで

Chapter 3

「マスター。破損《はそん》データの一部を修復に成功しました」

翌日。起きてくるなりサイファーはそう言った。

服装は昨晩ミコトが貸したシャツとズボンなのだが、銀色の髪がくしゃくしゃにもつれてあちこちで跳《は》ねている。あとでミリアムから櫛《くし》を借りて梳《と》かしてあげた方がいいかもしれない。

ミコトの方は朝食の支度《したく》をしていたので、すでに着替えも済ませてエプロンを着けている。昨日、サイファーが着けていたものなのでしばらく懊悩《おうのう》していたりもしたが、まあここでは関係のない話だ。

サイファーの言葉に、ミコトは目を丸くする。

「え、それってその……昔のことを、なにか思い出したってこと？」

「記憶データではなく記録の一部ですが、過去の情報ではあります」

「ええええっ、それってすごいことじゃないか！」

記憶そのものではないようだが、三百年前の記録である。ミリアムが聞いたら狂喜乱舞することだろう。

ミコトは椅子を引いてサイファーを座らせると、一度深呼吸をしてから問いかける。

「そ、それでどんなことがわかったの？」

「製造当初にわたしが記録していたと推定されるテキストデータです。破損が大きく断片的にしか復元できませんでしたが、読み込みは可能です。読み込みますか？」

「あ、えっと、僕が聞いていいなら」

そう答えると、サイファーはその〝日記〟を朗読する。数分で読み終えてしまう短い量で、読めない部分も多かった。内容としては彼女がどこかで新しい生活を始めたときの日常に関することのようだった。

ただ、他人の日記を読んでいるような表情だったのだが、次第にその頬《ほお》が紅潮《こうちょう》していくように見えたのが気になった。

読み終えると、サイファーは不意に両手で顔を覆った。

「ど、どうしたの？」

それから、プルプルと肩を震《ふる》わせながら、消え入るような声でこう言った。

「正体不明の精神汚染を確認。いまの記録を消去したい衝動が抑《おさ》えられません」

「ごめんね！　自分の日記を読まされるのって恥ずかしかったよね！」

ミコトもそのまま読まれるとは思わなかったが、読み始めたときに確認してあげればよかった。

「恥ずかしい＝消えてなくなりたい衝動。極めて苦痛——認識しました」

「そこまで思い詰めなくて大丈夫だからね？」

サイファーは泣いてやしないかと不安になるくらいプルプルと震えており、しばらく立ち直りそうになかった。

——というか、サイファーも〝恥ずかしい〞って感情があるんだな……。

元々好奇心旺盛《おうせい》というか、感情が豊からしいのはわかっていたが、表情に出にくくてなにを考えているのかわからないところも多かった。

羞恥《しゅうち》という感情はとても共感できて、なんだか昨日よりも身近に感じられる。

——でも、サイファーは昔も辛《つら》い思いをしてたんだな……。

日記の中で特に気になったのは〝お母さん〞に関する記述だった。

〝お母さん〞にひどいことをされていたような記述だった。本人がそれを恨んでいるような様子ではないのが、余計に胸が痛い。

と、そこにミリアムが起きてきた。

「むう……。朝から騒がしいものだね」

その口調はいつも通りなのだが、目は半開きで足元はフラフラしており、明らかに寝ぼけている様子である。寝癖《ねぐせ》もサイファーの倍はひどくて、髪の毛がピンピンと全体的に跳ねている。

――ミリアムさん、本当に朝ダメだなあ……。

サイファーもまだ立ち直れていないようなので、ミコトはふたりを食卓に着かせてから朝食を運ぶ。

とは言っても、ここはミリアムの屋敷である。食材もミコトが出発したときからなにも増えていないため、トーストとあり合わせのサラダ、それに卵三つを入れたオムレツくらいのものだ。

最後に三人分のホットミルクを運んでくると、ようやくサイファーも立ち直ったようだった。

「システムを再起動しました。おはようございますマスター」

「え、えっ？　それって大丈夫なの？」

初めてサイファーと出会ったとき、彼女は同じ言葉を口にした。そして目を覚ました彼女はなにも知らない状態だったのだ。

「またいろいろ忘れちゃったりしてない……？」

サイファーはふるふると首を横に振る。

「不具合の修正に意識を切り替えただけです。初期化したわけではありません」

「そうなんだ？」

気分転換……というより、一度眠ってスッキリしたような状態だろうか？　そのあたりの理屈はミコトにはわからないが、自分のことは覚えてくれているようなのでほっとした。

ミコトはカップを差し出す。

「これ、サイファーの分。これも熱いから気を付けてね」

「ありがとうございます、マスター」

両手でカップを受け取ると、ふうふうと息を吹きかけて唇をつける。熱いものは息を吹きかけて冷ますという、昨日教えたことは覚えてくれていたようだ。たったそれだけのことなのに、なぜか嬉《うれ》しいようなむずがゆいような不思議な気持ちになった。

「山羊《やぎ》の乳と推定。あったかいです」

「砂糖もあるよ」

「いただきます」

ミコトが砂糖の瓶を差し出すと、サイファーは角砂糖を大胆に三個も入れていた。

「心地よい甘さと認識。精神肉体ともに負荷の軽減を確認。人類が活動していく上で必要不可欠な飲料と定義できます」

「気に入ってくれたみたいでよかったよ」

「はい。わたしは甘いものは〝好き〟のようです」

そう言って、またコクコクとミルクを飲む。ほうっとため息をこぼす姿はいかにも幸せそうだった。

半面、ミリアムはまだ寝ぼけて……というより半分夢の中にでもいるのだろう。トーストを手に取るも、口に入らず自分の頬に押しつけていた。

「ああもう、ミリアムさんなにやってるんですか」

「少年、このトースト、逃げるぞ。生きているトーストとは奇《き》っ怪《かい》な」

「奇っ怪なのはミリアムさん自身ですってば」

朝はいつもダメな人だとは思っていたが、今朝は特にダメな気がする。

「仕方がないなあ。サイファー、ちょっとコーヒー淹《い》れてくるからミリアムさんの介護をお願い。この人、食べる傍《そば》からこぼすから」

「はい、マスター。センセイを介護します」

「よかろう、サイファーくん。キミに私の介護が務《つと》まるか試《ため》してやろうじゃないか」

「はい。がんばります」

まあ、仲良くやれているようなのでしばらくは大丈夫だろう。

朝食の用意で湯は沸《わ》かしていたので、もう一度沸騰《ふっとう》させるのにさほど時間はかからない。その間に、ポットとドリッパーを用意して濾過布《ろかふ》を嵌《は》める。コーヒー豆はあらかじめ挽《ひ》いたものがあるので、それをスプーンで三杯投入する。

と、そこでちょうど湯が沸いたので、軽くドリッパーに注《そそ》いでまずは蒸らす。

――こういうのも、サイファーに教えてあげたら喜ぶかな？

彼女も新しいことを覚えるのは楽しいようだ。

なんでもかんでも当てはまりはしないだろうが、今度淹れるときは声をかけてみてもいいかもしれない。

それから三杯分のコーヒーを淹れると、ミコトはトレイにカップを載せて席に戻る。

「コーヒー入ったよ……って、ごめん。大変だったみたいだねサイファー」

「任務完遂《かんすい》できませんでした。申し訳ありませんマスター」

ミリアムはずいぶんトーストの破片《はへん》を散らしており、いまはサイファーが甲斐甲斐《かいがい》しく頬についたジャムをナプキンで拭《ぬぐ》っている。

「ほら、ミリアムさん。コーヒーですよ。これ飲んでシャンとしてください」

「なにを言うか。私は常にシャンとしている」

文句を言いながらも、コーヒーカップを手渡すとおとなしく飲み始める。

「サイファーはコーヒー飲める？　と言ってもわからないか」

「いただきます。コーヒーはコーヒーチェリーと呼ばれる木の実を煎《せん》じた飲料。苦みが強いことが特徴で、神経や筋肉に刺激を与え疲労を回復する効果が見込めます」

「三百年前にもコーヒーってあったんだ」

昨日の会話から、どうやらサイファーは旧世界に存在したものならわかるらしいと知れた。

思えば、自分たちは厄災《やくさい》戦争前の世界をまったくと言っていいほど知らない。遺跡調査なんて請《う》け負《お》っているミコトでさえそうなのだ。普通の人になるともっと知られていないのだろう。

――まあ、それなら飲めるかな？

ミコトは砂糖を入れないと飲めないので、一応砂糖も差し出しておく。

サイファーはコーヒーカップを手に取ると、またふうふうと息を吹きかけてから唇《くちびる》をつける。

「ふぐっ？」

直後、サイファーは苦悶《くもん》の表情で硬直した。

「正体不明のダメージを確認。甚大《じんだい》なエラーが発生しました」

「ごめんね苦いのダメだったんだ!」

慌てて空《から》のコップを差し出す。

「ほら、ここにぺっして?」

「大丈夫です。飲めます」

「無理して飲まなくてもいいから……」

「砂糖の投入許可を要請します。理論上は三個投入することで耐えられるはずです」

「そこまでして飲まなくても……」

とはいえ、砂糖は用意してあるのだ。

小さなトングで要求通り三つ入れてあげると、サイファーは入念にかき混ぜてからもう一度コーヒーに挑む。

「エラーが解消されました。これならば問題なく飲めます」

「そ、そっか、よかったね」

それから仕方なさそうにミコトは苦笑する。

「そうだよね。コーヒーを知ってるからって、飲んだことがあるわけじゃないよね」

なのだが、サイファーはふるふると首を横に振る。銀色の髪が朝陽《あさひ》を浴びてカーテンのように揺れた。

「飲んだことはあるようです。ですが記録と異《こと》なる味覚情報が発生しました」

「えっと、サイファーの知ってるコーヒーと、いまのコーヒーは味が違うってことかい？」

「組成《そせい》データに差異は認められません」

豆自体は同じということだろうか。

ふたりで首を傾《かし》げていると、ミリアムが声を上げた。

「あるいは、サイファーくん自身の感じ方が変化したのかもしれないね」

「あ、ミリアムさん。ようやくお目覚めですか？」

「こうして起きているだろう？　なにを言っているのかね」

呆《あき》れたような視線を返され、ミコトは肩を竦《すく》める。

——この人、頭はいいのになんで自分のダメなところ自覚できないのかなあ。

まあ、人間寝ぼけているときのことは、覚えていないものかもしれないが。

とはいえ、ミコトのこんな反応も見慣れたものなのだろう。ミリアムは気にする素振《そぶ》りもなくコーヒーカップを傾け、オムレツにケチャップを大量に振りかけていた。

「ふむ。やはり朝はコーヒーに限るな。思考のよどみが劇的に拭われる。まあ、私はコーヒーに不純物など混ぜはしないがね」

◇

ミコトも朝食を取り始めると、ミリアムは自慢げにそんなことを言っていた。

どうやら砂糖を入れずに飲めることで優越感に浸《ひた》っているらしい。こういうところは子供っぽいと思う。

それから、先ほどの言葉を思い出してミコトは首を傾げる。

「そういえばサイファーの感じ方が変わったって、どういうことですか？」

「人間の味覚というものは、環境によっても左右されるものなのだ。どんな高級料理であっても、惨死体《ざんしたい》の傍で食して美味《おい》しいとは感じられないであろう？」

「食事中に出す例じゃないと思いますけど、確かにその通りですね」

「逆に粗雑《そざつ》な硬いパンであっても、親しい友人と卓を囲めば不思議と美味しかったりするものだ」

ささやかな抗議に、しかしミリアムはまるで聞こえなかったと言わんばかりに話を続ける。

「サイファーくんのいた時代は、食事を楽しめる環境だったようには思えない。そんなところでコーヒーを飲んでも、きっと味がわからなかったのではないかね」

その言葉に、サイファーは得心いったようにうなずいた。

「はい。マスターやセンセイと摂取《せっしゅ》する食事はとても〝楽しい〟です。味覚情報も高いパフォーマンスを発揮しています」

「ふふふ、そうだね。私もこうして食事をするのは少なからず楽しく感じているよ」

ミコトは眉をひそめた。

――今日のミリアムさん、ちょっと変だな……？

彼女は悪人というわけではないが、自分のことは滅多《めった》に口にしない。美味しいものを食べて目を輝かせることがあっても、それを口に出したりはしないのだ。

それが、今日はずいぶんと饒舌《じょうぜつ》に見える。まだ寝ぼけているのかもしれないが。

ミコトの訝《いぶか》る視線を知ってか知らずか、ミリアムはなにか思い出したように視線を返してくる。

「そういえば少年、今朝はなにか騒いでいたようだが、なにかあったのかね？」

「あ！　そうでした。サイファーが少しだけ昔のことを思い出したというか……」

ちらりと目を向けてみると、サイファーはトーストに噛《か》みついたまま視線を逸《そ》らした。

どうやらまだその話題には触れられたくはなさそうだ。

ミリアムも察してくれたようで、腕を組む。

「ふむ。話しにくい内容かね？　ならば聞かないでおくが……」

そう言ってから、サイファーに向き直る。

「欠片《かけら》程度でも昔のことがわかったのなら、キミ自身の目的というものについて考えてみてはどうかね？」

「わたしの目的はマスターに従うことです」

しかし、ミリアムはその言葉にすぐさま首を横に振った。

「違うぞサイファーくん。それは役目であって目的ではない」

コーヒーをひと口飲むと、ミリアムは賢人のような眼差《まなざ》しで続ける。

「キミは何者で在《あ》りたい？　この世界で目覚めてなにを望む？」

「…………」

その問いに、サイファーは答えることができなかった。

「キミの言う少年《マスター》に従うという使命に殉《じゅん》ずるのもよいだろう。敬愛する主《あるじ》に付き従うという生き方も美しいものだ。だが、それはキミ自身の意思による選択でなければならない。それを他人任せにすると、いつか後悔することになる」

「わたしの、意思……」

うつむくサイファーに、ミリアムは優しく笑いかける。

「まあ、一生かけても答えが見つからない者もいる。そもそも世の中の凡俗の大半はなにも考えず状況に流されて生きている。それは楽だろうし否定はしまいが、私にはそれが〝生きている〟とは思えないものでね」

厳しい言葉だが、ミコトは口を挟まなかった。

昨晩、この問いを投げられたのはミコトだった。

大切な問いかけだったと思う。

ミリアムは本来、面倒くさがりで他人のためになにかをするどころか、関わること自体が億劫《おっくう》でならないという性格だ。

それがわざわざこんな厳しい口調で言うのは、彼女がサイファーを他人ではなく身内と考えてくれたからなのだ。

やはりサイファーは答えることができなかったが、ややあってからハッとしたように顔を上げた。

「名前……」

「ふむ？」

「復元データによると、わたしにはなにか別の名前があったようです」

キュッと胸の前で手を握ると、サイファーは意を決したように口を開いた。

「わたしは、自分の名前を知りたい、です」

それは恐らく、サイファーが初めて自分で求めた答えだったのだろう。

ミリアムはその選択を褒《ほ》めるようにコーヒーカップを傾ける。

「では南の大森林に向かうといい。そこに答えがあるかはわからないが、手がかりくらいは残っているかもしれない」

「どういうことです？」

ミコトが首を傾げると、ミリアムはトーストをかじりながらうなずく。

「少年、昨晩サイファーくんの口から〈セプテントリオ〉の名前が出ただろう？」

「え、ええ」

サイファーと初めて出会ったときも、そんな名前を口にしていたように思う。

「伝承によると、魔星〈セプテントリオ〉は厄災との戦いの最中、南の地に落ちたという。ちょうど、大森林の奥地にそんな場所があるのを知らないかね？」

「あ！　もしかして封印の地《ズィーゲルヴァルト》のことですか？」

封印の地ズィーゲルヴァルト。厄災戦争の史跡とも言われているが、デウス教団によって禁足地とされた場所だ。

ミリアムは小さくうなずく。

「うむ。結晶蝶《けつしょうちょう》の群生地としても知られている場所だよ。おっと、そういえばサイファーくんの翅《はね》も結晶蝶に酷似《こくじ》しているという話だったね。偶然にしては、少しできすぎだとは思わないかい？」

思えば、昨晩〈セプテントリオ〉の名前を聞いたときにミリアムはなにか考え込む素振りがあった。恐らくそのときにはすでにこの答えに至っていたのだろう。

ただ、とミコトは難しい顔をする。

「でも、禁足地ですよ？　簡単に近づける場所じゃありませんし、バレたら大変なことになりますよ」

先日の遺跡程度とは違い、神官兵が置かれ壁によって囲まれた閉鎖区域である。近づけば問答無用で攻撃されても文句は言えない場所なのだ。

なのだが、ミリアムはなんでもなさそうに首を横に振る。

「そこは気にしなくていい。多少、伝手《つて》があるものでね。キミたちが通行できるようにしておくよ」

「なんでそんなことできるんですか……？」

ミコトが愕然《がくぜん》とすると、ミリアムは人差し指を立てて唇に添え、妖《あや》しく微笑《ほほえ》む。

「それは、秘密だよ」

毎度のことではあるが、謎の多い人だ。

それから、あっと声を上げる。

「でも、遺跡調査はどうするんですか？　また崩落《ほうらく》があったから、調査はほとんど一からやり直しですよ」

「それも気にしなくていい。昨日の地震で相当崩れたようだからね。さすがに個人の手に負える範疇《はんちゅう》ではなくなった。国の方で大がかりな調査隊を編成することになるから、それまでは休暇《きゅうか》ということになるさ」

「……なんだか話が上手すぎる気がするんですが」

ミリアムはさも心外そうに目を丸くする。

「おやおや、せっかくこの私がお膳《ぜん》立《だ》てをしてやっているというのに、なにが気に入らないのかね？」

「気に入らないってわけじゃないですけど……。ミリアムさんは、そんなことして大丈夫なんですか？」

この人は存外に過保護なところがある。ミコトやサイファーのために、無茶をしていなければいいのだが……。

ミリアムは驚いたように目を丸くして、それからおかしそうに笑う。

「私は自分のことしか考えていない人間だよ。いくらキミたちのためでも、自分の身が危うくなるようなことはしないさ」

「ならいいんですけど……」

それから、サイファーが怖《お》ず怖《お》ずといった顔で声を上げる。彼女のこういう顔を見るのは初めてかもしれない。

「あの、マスターもいっしょに来てくれるのですか？」

「もちろんだよ。サイファーは昨日、たくさん僕を助けてくれたじゃないか。今度は僕がサイファーの力になる番だよ」

そう笑いかけると、サイファーは驚いたように目を見開いた。心なしか、ほのかに頬も紅潮しているように見える。

それからミコトと目を合わせていられなくなったようにうつむく。

「……あ、ありがとうございま、す、マスター」

そんな反応が返ってくるとは思わず、ミコトの方まで顔を見ていられなくなってしどろもどろに声を上げる。

「ふえっ、う、うん。が、がんばろうね、サイファー」

そんな一部始終をミリアムに見られていたことに気付いて、そのあともう一度悶絶《もんぜつ》することになるが。

◇

南の大森林までは、馬の足でも数日はかかる距離である。封印の地はそこからさらに一日はかかるだろう奥地だが、地図上での距離だ。実際にどれくらいの時間がかかるかは、行ってみないとわからない。

最短でも片道三日。そこから調査を挟《はさ》んで往復となると、一週間以内ということはないだろう。

前回の調査で水筒を始め、荷物の大半をダメにしてしまった。それに今回はサイファーもいっしょなので彼女の装備も必要になる。

そんなわけで、ミコトとサイファーは再び皇都を歩くことになったのだが……。

「サイファー、その服どうしたんだい？」

あの奇妙な衣装をどう誤魔化したものか悩んでいたのだが、表に出てきたサイファーは予想と違う格好をしていた。

上は紺色の大きな襟を持つしっかりとした生地の衣装で、胸元には鮮烈な朱色タイが巻かれている。下は少々丈の短いスカートで、太ももまであるタイツを穿《は》いている。靴は踵《かかと》の低い革靴《ローファ》で、全体的に黒を基調とした色彩である。

「〈スクアーマ〉に即時換装可能な偽装衣装です。防御性能は低いですが、街を歩くなら目立たない服装がよいと、センセイから助言を受けました」

これはこれで目立つような気はするが、そもそもサイファーは容姿の時点で人目を惹《ひ》いてしまう。それに昨日の衣装に比べればずっと一般的な服装だろう。

強《し》いて言うならヴァイスラント公国の水兵服に少し似ているだろうか。水兵と呼ぶには可愛《かわい》らしい意匠《いしょう》ではあるが、サイファーの銀髪がとても映《は》えて綺麗《きれい》だった。

ミコトは思わず見蕩《みと》れそうになりながらも、感心した声を上げる。

「へええ、そういう服はあまり見たことがないけど……」

グッと自分を鼓《こ》舞《ぶ》するように拳を握り、ミコトはそこから一歩前に出た。

「その、すごく似合ってるね！」

ミコトの精一杯の勇気を振り絞った言葉に、サイファーは自慢げにうなずく。

「はい。サイズはわたし用にチューニングされています。データによると〝ジョシコウセイ〟という組織の制服で、戦争が終結していればわたしはそちらに配備される予定だったようです」

「そういう意味じゃないんだけど……」

渾身《こんしん》の勇気は空振りに終わった。

肩を落としつつも、しかしと思う。

──サイファーが入ってたはずの組織か。どんなところだったんだろう……。名前からはどんなところだったのかは想像がつかないが、退役軍人（？）が配備されるとなると治安維持機構か要人警護などの職だろうか。

屈強《くっきょう》な兵士たちがサイファーの後ろをついていく光景を思い浮かべると、それはそれで犯罪の色が強いような気がしてきた。

それから、ミコトは昨日のことを思い出す。

「サイファー、手の怪我《けが》は大丈夫？」

出会ったとき、サイファーはミコトを守ろうとして手を怪我してしまった。あのあとは〈スクアーマ〉で手まで覆われていたから確認できなかったが。

サイファーは両手を開いてみせる。

「問題ありません。あの程度の傷はナノマシンの修復能力なら数秒で治癒《ちゆ》します」

「そ、そうなの？」

思わずサイファーの手に触れてみるが、なるほど本当に傷跡ひとつ残っていなかった。

「すごいね……って、あ」

いつの間にか女の子の手に堂々と触れている自分に気付いて、ミコトは声を上げる。

──いやでも、これから街を歩くんだし！

上着でゴシゴシと手を拭うと、ミコトはもう一度勇気を奮《ふる》い起《お》こした。

「サ、サイファー！　その、よかったらなんだけど、手を繋《つな》いでいかないかい？」

まるで告白でもするように右手を差し出しそう言うと、サイファーはにわかに目を丸くした。

それから困ったように周囲を見渡し、そしてそこに助けがないことを悟ると怖ず怖ずと手を握り返した。

「は……はい。よろしく、お願いします、マスター」

握った手は、あの恐ろしい武器の数々を振るったとは思えぬか細い手だった。

昨日なら考えられなかった反応に、ミコトはなんだか胸が締《し》め付《つ》けられるような感覚を覚える。

思わず心臓がバクバクと鳴るが、ミコトは右手と右足を同時に前に出しながら言う。

「じ、じゃあ行こうか」

「はい」

そうして歩き始めると、数メートルと進まないうちにサイファーが声を上げる。

「マスター。非常事態です」

「ど、どうしたの？」

「正体不明のエラー〝恥ずかしい〟が再び発生しています。もう一度再起動する許可をください」

「それたぶん再起動しても直らないと思うよ！」

再起動という行為でサイファーの中でどのような変化が起きているのか、具体的にはわからない。だが一度眠って気持ちを切り替えるようなものに見えた。

現在進行形で手を繋いでいるのにそんなことをしても同じことだろう。

サイファーは追い詰められたような声を上げる。

「ではどうすれば直りますか？」

「えうぅっ？　えっと、僕も結構恥ずかしいから、わからない……」

真顔で返され、ミコトも鼻白んだ。よく見ると、サイファーの方もほのかに頰が赤く染まっている。

思わず顔を覆いたくなって、ミコトはふと彼女を困らせているのではないかと気付いてしまう。

「えっと、やっぱり手を繋ぐのは止《よ》した方がいいかな……？」

「…………」

そう問いかけると、なぜかサイファーは〝離してなるものか〟と言わんばかりにキュッと手に力を込めた。

「エラー。マスターの命令に、なぜか抗《あらが》おうとする反応が起こっています。状況の継続を要請します」

「べ、べべべ別に嫌じゃないんならいいんだよ！」

「はい。わたしは、このままがいいと思っているようです」

――全部口に出ちゃってるけど大丈夫っ？

とはいえ、ミコトも手を握り返すと、サイファーは少しホッとした顔をしたように見えた。

――もしかして、サイファーは感情自体が初めての経験なのかな？

それが今朝、羞恥心という感情を学んでしまったことで心が追いついていないというか、戸惑っているのかもしれない。

――だ、だったら僕がしっかりしないと！

決意を改めて、ミコトは街へと足を繰り出すのだった。

ただ、ミコトは気付いていなかった。

昨日は最高記録を更新するほど降りかかっていた不運が、本日は一度も発生していないということに。それがどれほど異様なことなのかに。

◇

「――水と食糧はこれでよし。寝袋も大丈夫だし、これでだいたい全部かな？」

二日目ということもあってか、サイファーは昨日ほどあちこちにフラフラ歩いていったりはしなかった。それだけでも勇気を振り絞って手を繋いだ甲斐があったと言えよう。

皇都だけあって、二、三刻《こく》ほどで必要なものはあらかた手に入れることができた。物価の高い低いの問題は、まあ黙って呑《の》み込《こ》むしかないが。

荷物の中身を確認していると、サイファーがそれを覗《のぞ》き込《こ》みながら言う。

「マスター。荷物の積載《せきさい》が過剰《かじょう》です。わたしにも搬送可能ですが」

「ふぇあっ？」

思ったよりも顔が近くて、またミコトは平常心をかき乱される。

「えっと、荷物？　これ、結構重たいよ？」

余裕を見て十日分の水と食糧を用意したのだ。女の子に持たせるには少々酷《こく》だろう。

なのだが、サイファーは両手を伸ばしたまま踵を浮かせて催促する仕草《しぐさ》をする。

ミコトはそのまま抱きしめたい衝動に駆られて、フラフラと腕を伸ばし返した。

――いや、抱っこをせがまれてるわけじゃないから！

寸前で我に返り、ミコトは荷物のうち比較的軽そうな寝袋を差し出す。

「じゃあ、これをお願いしようかな？」

「はい、マスター――？？？」

寝袋の包みを受け取ると、サイファーはよろめいてたたらを踏んだ。

「だ、大丈夫？」

「重心の設定を誤りました。問題ありません」

本人は平静を装ってそんなことを言うが、すでに足がプルプルとしていて、とうてい歩けるようには見えない。

「無理しなくて大丈夫だよ？　僕はいつもひとり《ソロ》で活動してるから、これくらいの荷物は慣れてるし」

騎士や傭兵《ようへい》のような体軀《たいく》には恵まれなかったが、ミコトもこれくらいの荷物を抱えて行動するのは日常茶飯事なのだ。見た目ほど非力なわけではない。

そう言って寝袋を持ってあげると、サイファーは愕然《がくぜん》としたようにつぶやく。

「予期せぬエラーです。修復中に規定を遥《はる》かに超えた筋力低下が発生した模様。〈スクアーマ〉の使用許可を求めます」

「えっと……あ、そうか。サイファーはずっと眠ってたもんね」

ミリアムの推測通りなら、実に三百年も眠っていたことになるのだ。それで筋力が低下していない方がおかしいだろう。むしろリハビリもなくよく歩けたものである。

その辺りは、サイファーの眠っていた場所が修復施設だったおかげだろうか。

――ってことは、もしかして昨日も結構辛かったんじゃないか？

それだけ筋力が低下しているなら体力もないだろう。

遺跡から皇都までも歩いて五、六刻はかかる距離だ。それを歩かせたのは無神経だったかもしれない。

「でもそれって、あの服を着てなにか変わるの？」

「〈スクアーマ〉は強化外骨格として機能します。起動すれば戦闘に足る身体能力を獲得できます」

「そこまでしなくて大丈夫だからね？」

とはいえ、あの衣装のおかげで昨日は平気だったようだ。

あの強大な力を目の当《ま》たりにして超人のように思ってしまっていたが、サイファーは見た目通りの女の子だったのだ。無理をさせるわけにはいかない。これから、一週間以上もかかる旅に出るわけでもあるのだから。

決意も新たに背嚢《はいのう》を背負うが、今回はふたり分の荷物である。立ち上がろうとすると、ミコトの想像よりだいぶ重たかった。

「あわわっ」

思わずひっくり返りそうになると、その背中が急に軽くなった。

「――おっと、大丈夫か？」

顔を上げると、すぐ後ろに神官兵が立っていた。

「あ、パトリックさん」

顔なじみの神官兵は、慣れた調子で片目をつむる。

街をフラフラ歩いては遊んでいるようにしか見えないパトリックだが、その任務は街の巡回である。いまのように困っている人間を助けたり道案内をしたりなど、真面目《まじめ》に働いていたりする。

持ち前の不運体質ゆえ、ミコトも実は彼に助けてもらうことが多かった。

「また会ったな坊主。デートにしちゃあ、色っぽさに欠ける荷物だが」

「デ、デートとかじゃないですから！　その、これから遠出をするので……」

「はは、女の子にいいところ見せたいって気持ちは買うが、無理はよくないな。いいところ見せる前に自分が潰《つぶ》れちまったら世話ないぞ？」

「そういうわけじゃないですけど……」

いや、そういう気持ちもなくはなかったかもしれない。思わず口ごもってしまうと、パトリックはやらしく笑って肘《ひじ》をぐりぐりと押しつけてくる。

それからサイファーに目を向けるのだが、サイファーはささっとミコトの後ろに隠れてしまった。

――サイファーって、もしかして人見知りするのかな？

思えばミリアムのことも最初は警戒する素振りを見せていた気がする。ミコトのことをマスターと呼び、なんでも言うことを聞いてしまいそうだったから気付かなかった。

露骨《ろこつ》に避けられたことでパトリックは悲しげな顔をするが、気を取り直すように笑う。

「初心《うぶ》な子だな……。ミコト、もう歩けそうか？」

「はい。ありがとうございます」

支えてもらったおかげで、ミコトも背嚢を背負い直すことができた。重さは変わらないが、転ぶようなことはないだろう。

「じゃあな。次は転ぶなよ」

パトリックは気さくに笑って手を振ると、去っていった。そのあとすぐに観光客から声をかけられ、ポーズを取っていっしょに写真《フォト》を撮っている。

――僕ももうちょっと鍛《きた》えないとダメかなあ……。

神官兵を見てから自分の腕を見ると、情けないくらい貧相《ひんそう》だった。

それからまた歩き始めると、サイファーがシュンと肩を落として言う。

「マスター。申し訳ありません。お役に立てませんでした」

「そんなことないよ。僕はいっしょに歩けただけでも結構楽しかったよ？」

言ってから、自分がなにを口走ったのか気付いて赤面する。

――それじゃ本当にデートでもしてるみたいじゃないか！

なのだが、サイファーは目を丸くすると、まんざらでもなさそうにうなずいた。

「はい。マスターと歩くのは〝楽しい〟のようです」

素直な笑顔が返ってきて、ミコトの胸はまた大きく高鳴ってしまった。

火照《ほて》った顔を隠すように周囲を見渡す。

「じ、じゃあ、買い物も終わったことだし、ちょっと休憩しようか？」

「はい、マスター」

とはいえ、どこに入ったものか。ひとまず座れる場所が欲しいところだが。

そうしてキョロキョロしていると、サイファーの視線がとある店に釘付けになっていることに気付いた。

――あれは、アイスクリーム屋さんか。

店には窓口しかなく、食べ歩き専門の店のようだ。座る席はないが、すでに結構な行列ができている。

ああいうお店は女の子の入るところというイメージが強い。ミコトも男ひとりで入るには気後《きおく》れしてしまって、実は食べたことがなかった。

「じゃあ、あのお店に並ぼうか」

「はい、マスター」

そう提案してみると、やはり気になっていたらしい。サイファーはトトトッと小走りで列に並んだ。

「サイファーは本当に甘い物が好きなんだね」

朝も自分で言っていたが、こういう姿は普通の女の子に見えてなんだか安心する。

そう指摘すると、サイファーは水でも引っかけられたかのように驚いた顔をした。

「なぜそう思われるのですか？」

「え、すごく食べたそうな顔してたから……」

「？？？」

サイファーは意味がわからないように、自分の頰を突《つっ》いたり引っ張ったりする。

――この子、自分がどれだけ可愛いことやってるかわかってないのかな……。

思わず胸が苦しくなって、ミコトはトントンと自分の胸を叩く。

この少女は少し自分の外見というものを自覚した方がいいだろう。その仕草に通行人が見蕩れて他の通行人と正面衝突していた。

そろそろ直視できなくなって正面に視線を戻すと、ミコトたちの前に並んでいるのは若いカップルだった。

男性の方は商人だろうか。身なりのよい格好をしていて、女性の方はその腕にべったりと抱きついている。

——前は前で目に毒だったー！

思わず顔を覆うと、サイファーがまた不思議そうに首を傾げる。

「マスター。前のふたりの行為にはどういった意味がありますか？」

「それをここで聞くのっ？」

無知ほど恐ろしいものはない。

とはいえ、サイファーの瞳はいかにも興味津々《きょうみしんしん》といった様子で輝いており、答えないという選択肢は、ミコトには選べなかった。

——やっぱり、女の子って恋とかに関心があるものなのかな？

あまり同年代の女子と話す機会はないミコトだが、それでも年ごろの少女たちが色恋話に花を咲かせることくらいは知っている。

サイファーだって女の子なのだから、人並みには興味があるのだろう。

ミコトは声を落としてサイファーにささやく。

（しー！　サイファー、前のふたりはその、恋人なんだよ。きっと。だからああいうことをしてるの）

（マスター、質問です。恋人とはどういったものですか？）

――それはその質問が返ってくるよね！

ミコトは逃げ出したい気持ちに駆られながらも、なんとか堪《こら》えて答える。

（こ、恋人っていうのは……なんだろう、す、好きな人同士、のことだと思うよ？）

なるほど、とうなずいてサイファーはさも当然のほうにこう問いかけてきた。

（では、わたしとマスターは恋人ということですか？）


（はうぅっ？）

少年の身には、あまりに大きすぎる問いかけであった。

――これ、どう答えたらいいのっ？

自分の顔が真っ赤になっているのがわかる。心臓がバクバクと鳴っていて、目の前がぐるぐる回って見えた。

（そ、それは、どうなのかな……？　こ、恋人っていうのは、好きな人同士なんだから、えっと……）

その言葉に、サイファーはなにやらシュンとしたように肩を落とした。

（わたしはマスターが〝好き〟ですが、マスターは〝好き〟ではないですか？）

（好きだよ！　あ、いやその、好きは好きでも、えっと、えっと……）

サイファーのことが好きか嫌いかと言われたなら、嫌いなわけがない。

しかし、好きとはどういうことなのだろう。

嫌いでなかったら好きなのだろうか？

出会ったときから、サイファーのことを放っておけないと思った。これが好きという感情なら、放っておけないことがそうなのか。ではミコトを《人型災害》と知っても優しく面倒を見てくれたミリアムのことはどうなのだろう。嫌いではないなら好きなのだろうか？　でもその好きはサイファーに感じる好きとはまた違うような気がするのだ。

コヒュー、コヒューと変な音が聞こえて、それが自分の呼吸の音だと気付く。

答えられない問いかけに過呼吸で倒れそうになっていると、前のカップルは助け船を出すように咳払いをした。

「コホン。こ、こんなところで、引っ付くもんじゃなかったかな？」

「そ、そうね。ええ、恥ずかしい真似をしてごめんなさい」

それはこの距離でミコトたちの話し声が聞こえなかったはずもないだろう。前のふたりは耳まで赤くしながら腕を放していた。

そんなカップルの様子に、サイファーはどこか残念そうな顔をしているように見えた。

――えっと、うらやましかったわけじゃ、ないよね……？

一瞬だけ、サイファーがミコトの腕に手を伸ばそうとしたような気がしたが、その手はすぐに下ろされてしまって確かめることはできなかった。

なんとか呼吸を落ち着かせて、ミコトはサイファーに言う。

（えっと、サイファーも、ああいうのは気になるものなの？）

（はい。女性の方はとても穏《おだ》やかな表情をしています。わたしもそんなふうに笑える機能があるのか、関心を持ちました）

（サ、サイファーなら、きっとそんなふうに笑えるようになるよ！）

その言葉にサイファーは驚いたように目を大きくし、それからほのかに微笑み返した。

（はい。ありがとうございます、マスター）

――やっぱり、ちゃんと笑えてると思うよ？

その言葉を口に出す勇気は、ミコトにはまだなかった。

そんな声が聞こえてしまったのか、前のカップルはとうとう顔を覆ってうずくまってしまっていたが。

そうしているうちに列はどんどん進んでいき、やがてサイファーの番まであとひとりというところまで来る。

少し前からサイファーはつま先立ちをしたり、スカートの裾を握ったり、そわそわして落ち着かない様子である。

「サイファー、もう次だから落ち着いて？」

「マスター。非常事態です。戦闘意欲の制御が困難です」

「それ戦闘意欲じゃなくて食欲だと思うよ」

サイファーは『そんなバカな！』とでも言いたげな目を向けてきたが、自覚がないわけでもないようだ。

「食欲＝交戦意欲に似た制御困難な飢餓感《きがかん》――認識しました」

「そこまで切羽詰《せっぱつ》まってはいないと思うんだけどっ？」

そして、ようやくサイファーの順番が回ってきた。

「マスター。バニラとチョコレートのミックスを申請します」

「……それをふたつお願いします」

「毎度ありがとうございます！」

店員は慣れた調子でクッキー生地のコーンに、アイスクリームを注いでいく。

常時冷凍可能なタンクにアイスクリームを保管し、バルブを捻《ひね》るだけで注入できるようになっているらしい。機材自体は錬金術による道具なので、ミコトの腕でも簡単なものなら模倣《もほう》できるかもしれない。

そんな仕組みを眺めていると、すぐにアイスクリームが差し出された。

「はい、どうぞ」

そう言って差し出されたアイスクリームには、チョコレートのチップが鏤《ちりば》められて華やかだった。

（そちらの可愛らしいお嬢さんにおまけですよ）

店員がこっそりそう耳打ちしてくれた。

「ありがとうございます。よかったね、サイファー」

「はい、マスター。いただいてもいいですか？」

「どうぞ」

キラキラと瞳を輝かせてアイスクリームを凝視する少女に、ミコトは苦笑交じりにうなずいた。

「いただきま――」

そのときだった。


「――魔物だ！」

突然の悲鳴とともに、そんな声が響いた。

◇

──魔物って、ここは皇都だよっ？

城壁と神官兵によって守られたこの都市は、設立以来いかなる魔物の侵入も許したことがない。仮に魔物の襲撃があったとしても、街中に突然現れるなどということはあり得ないだろう。

そう考えて、ミコトは自分の思い違いを目の当たりにした。

魔物は、空にいた。

蝙蝠《こうもり》のような翼を背負い、長大な尾を持ち、鉄さえも引き裂くだろう凶悪な顎《あご》。その姿はワイバーンに似ているが、決定的に違う点がふたつあった。

ひとつは単純に大きいこと。サイファーが消滅させた成体のワイバーンよりもさらにふた回りは大きい。その理由は皮膚の下にワイバーンごときとは比較にならない鋼《はがね》のような筋肉が隠されているからだ。

もうひとつは、全身を赤い鱗《うろこ》に覆われ、その顎に煌々《こうこう》とした炎を灯《とも》らせていることだった。

──赤竜《レッドドラゴン》──

炎の魔人《イフリート》さえも灼《や》き払《はら》う、炎の王である。

その睥睨《へいげい》は死と同義で、空の灼熱《しゃくねつ》に人々はただただ凍り付いた。

いったいどこからやってきたのか、赤竜は悠々と城壁を飛び越え皇都の空を羽ばたくと、戯《たわむ》れるように大地へと飛来した。

ドンッと砲弾でも炸裂《さくれつ》したような音が轟《とどろ》いた。

屋根に着地するつもりだったのか、レンガ造りの店を真上から押《お》し潰《つぶ》し、周辺の人間たちが藁《わら》のように吹き飛ばされる。ミコトとサイファーが並ぶアイスクリーム屋から、数軒離れただけの建物だった。

立ちこめる土煙の中から、凶悪な竜の顔がぬっと現れる。

間近で見るそれは二階建ての家屋よりもさらに大きく、全長で十メートル以上はあるだろう。広げた翼は通りを挟んで反対側の建物までをも薙《な》ぎ払《はら》った。

恐らくは百年以上は生きる成竜だった。

「いやあああああああああああぁぁぁぁあああああぁぁぁあっ」

その衝撃で金縛《かなしば》りが解《と》けたのだろう。

誰かが悲鳴を上げ、人々はいっせいに逃げ始める。

平和な繁華街はまたたく間にパニックに包まれた。

「サイファー！」

人々は悲鳴を上げて逃《に》げ惑《まど》い、人混みに呑まれそうになる。ミコトはなんとかサイファーの手を摑《つか》むことができたが、そこで彼女が微動だにしないことに気付く。

「…………」

見れば、まだひと口も食べていないアイスクリームが、地面に落下していた。

キュッと口をへの字に曲げ、目元に涙が浮かんでいる。

「サ、サイファー……？」

「マスター。正体不明のエラーが発生しています。目の前で損失したアイスクリームに対して、経験したことのない無力さを感じています」

「悲しかったんだね。……って、そうじゃない！　早く逃げないと」

「悲しい＝失ったものへの無力さ——認識しました」

そのとき、人混みの向こう側に幾重《いくえ》もの鎖が舞うのが見えた。

「——市民の避難が最優先だ！　神官兵の使命を果たせ！」

〈鎖《とざ》す鋼《はがね》〉——神官魔術の中でも代表的な拘束魔術だった。殺傷力こそないが、あれ一本で並の魔術師や魔物なら指一本動かせなくなる。束で放てば、巨人族すら拘束するという。

ジャラジャラと巨体に鎖が絡みつき、地へと縫《ぬ》い付《つ》ける。

各々《おのおの》槍《やり》を突き出し、赤竜を包囲するが、相手は竜なのだ。

いや、神官兵たちも勝てると思って挑んでいるわけではないのだろう。ただ、ここに守るべき市民がいるから、戦わねばならないのだ。

死を覚悟した表情で挑む神官兵たちの中には、先ほどミコトを支えてくれたパトリックの姿もあった。

竜は我が身にまとわり付く鎖を煩《わずら》わしく感じたのだろう。頭を振って身震《みぶる》いする。

「……馬鹿な」

誰のつぶやきだろう。たったそれだけで、魔術の鎖は脆《もろ》くも打ち砕かれていた。

そして、竜という生物は百年以上生きると、竜特有の言語を操る。

それはすなわち、魔術を操るということである。

『ヒュルルルルル――』

馬のいななきのような細い鳴き声を上げる。

それが呪文の詠唱《えいしょう》だったことがわかったのは、赤竜の頭上に巨大な魔法陣が広がってからだった。

「あ……」

神官兵たちの口から、唖然《あぜん》とした声がもれた。

赤竜にしてみれば、小動物の戯れに戯れを返した程度の仕草だったのだろう。

だが、魔法陣から放たれたのは人類にとっては絶望に外《ほか》ならなかった。

魔法陣から降り注いだのは、爛《ただ》れて燃え上がった岩の礫《つぶて》だった。

岩石の融点は摂氏八〇〇度から一二〇〇度と言われている。人体が触れれば骨も残らぬ温度である。その熱量を防ぐ魔術は、神官兵の手にもなかった。

「〈テスタメント〉――ガトリングモード起動」

その声は、すぐ隣から聞こえた。

続けて、雷鳴のような破裂音と共に真っ赤な火線がいくつも弾《はじ》ける。

昨日ワイバーンを撃ち抜いたそれとは異《こと》なり、礫のような小さな光弾が無数に射出されているのだ。

光弾は降り注ぐ炎弾を正確に撃ち抜き、微塵《みじん》に砕いていく。

一歩遅れてむせかえるような熱風が吹き抜けるが、あとには爛れた岩など存在しなかったように消えていた。

「サ、サイファー……？」

恐る恐る隣を見てみると、サイファーの両手にあの棺《ひつぎ》のような銃《キャスター》が、しかし二挺《にちょう》握られていた。

撃ったサイファー自身も、自分がそうしたことが信じられないような顔をしている。

「マスター。事後承諾になって申し訳ありません。戦闘許可を申請します」

「戦闘って……あれはドラゴンだよ？」

昨日のワイバーンと混同しているなら大変な間違いである。

なのだが、サイファーはなんでもなさそうにつぶやく。

「ドラゴン。該当データあり。恐竜の化石等を起因とする空想上の生物。世界各地の神話や伝承、近代創作物にも広く分布しています」

「目の前にいるんだけどっ？」

「撃破すれば同義です」

そこに続いた言葉には、冷ややかながら確かに怒りの色が滲《にじ》んでいた。

「わたしは、あの生物を許せないと感じているようです」

——キミは何者で在りたい？　この世界で目覚めてなにを望む——

その問いにすぐ答えることができなかったサイファーが、明確に自分の意思を口にしたのだ。

ミコトは首を横に振る。

「僕はサイファーに命令したり許可したりできるほど偉くない。だから、お願いするよ。この街と、みんなを守ってあげてくれないかな？」

サイファーは、口元にささやかな笑みを浮かべた。

「任務了解――装備を〈スクアーマ〉に換装します」

駆け出すサイファーの体は、瞬く間に光に包まれ強化戦闘服へと変貌する。

寝袋ひとつ抱えただけでよろめいていた少女はそこになく、サイファーは自分の身の丈ほどもある銃をふたつも抱えて疾駆《しっく》する。

そのまま回り込むように竜へと接近しながら銃を掃射《そうしゃ》する。

『がガッ？』

生半可《なまはんか》な魔術ならそのまま跳ね返すと言われる竜の鱗が爆《は》ぜた。

鮮血がまき散らされ、赤竜の巨体がにわかに揺らぐ。

ワイバーンのときのように貫通とはいかなかったが、光弾は確かに竜の表皮を抉《えぐ》り打撃を与えていた。このまま光弾を当て続ければ倒すこともできるだろう。

だが、相手はそもそも人類よりも強大な魔力と知能を持つ竜族なのだ。

『グルルウウゥウゥウゥ――』

低く唸《うな》るような詠唱。竜の表皮を淡い光の膜《まく》が覆った。

そこに三度目の〈テスタメント〉の光弾が襲いかかる。

「――弾かれた？」

一度は竜の鱗を粉砕した光弾が、今度は虚《むな》しく表皮に弾かれてしまう。

「竜の防御魔術だ」

生物としてすでに人類には及びもつかない力を持ちながら、この竜という種族はさらに魔術まで使うのだ。

人類が滅びずにいられるのは、彼らが人類の存在など気にも留めていないからに過ぎない。

だが、サイファーの顔には微塵《みじん》も動揺の色はなかった。

「〈テスタメント〉をフローティングモードで継続」

棺型の銃はサイファーの手から離れると、その動きに追従するように浮遊していた。

そして、そのまま竜に狙いを定めて光弾を放ち続ける。

――キャスターを、遠隔操作してる?

どうやらこの光弾の真価は、破壊力ではなく連射性にあったようだ。

魔術によって防いだとはいえ、それでも無視できる威力ではないのだろう。絶《た》え間《ま》な
く放たれる光弾に、赤竜もその場に釘付けとなってしまう。

「――〈ルクスラミナ〉」

自由になった手に、光の剣が紡《つむ》がれる。

赤竜も、そこにいるのが羽虫ではなく、己《おのれ》が全力を尽《つ》くして戦うべき脅威と見做《みな》した
らしい。その顎から紅蓮《ぐれん》の炎が噴きこぼれる。

「竜の吐息？　サイファー、避けて！」

赤竜の吐息は鋼鉄すらも蒸発させる。その温度は三〇〇〇度を超えるのだ。

サイファーの言《げん》では〈スクアーマ〉の耐熱温度は二〇〇〇度である。直撃すればひとたまりもない。

ミコトの声に、サイファーは壁を蹴って宙を舞うと、さらに反対側の壁を踏み台に屋根の上まで跳躍する。

その間も〈テスタメント〉は光弾を放ち続けているのだが、竜の周囲に倒れた神官兵たちには流れ弾ひとつ向かっていない。恐るべき精度である。

ただ、それゆえにサイファーの動きは先まで読みやすく、赤竜は焔《ほのお》をこぼす顎を上へと向けていた。

「ダメだ！　読まれてる」

ミコトは叫ぶが、サイファーは避ける素振りも見せずに真上から赤竜に飛びかかる。

「〈ルクスラミナ〉起動――最大出力」

ショートソード状の刀身が左右に展開し、翠《みどり》の光があふれる。

そうして解き放たれたのは、塔のごとき巨大な剣だった。

突きの型に構えたまま紡がれたそれは、赤竜が顎を開くよりも速くその脳天へと突き立てられる。

『ごっ……ガッ……ッ』

なにが起きたのかわからないというように、赤竜は紅蓮の眼に瞬膜《しゅんまく》をまたたかせる。

光の剣は竜の頭蓋《ずがい》のみならず、胴体もろとも地まで貫いていた。剣から光が消えると、断ち割られた頭蓋から噴水のように真っ赤な飛沫《しぶき》が上がる。

そして、ようやく赤竜の巨体はゆっくりと地に伏していった。

赤い雨が降る。

真《ま》っ二《ぷた》つに割れた頭蓋の上に、サイファーはふわりと降り立つ。

強大な光を放った剣はブシュウッと蒸気を吐いて排熱すると、再びショートソードの形に折りたたまれる。

「敵性戦力の沈黙を確認。任務完了しました」

それは聖書に語られる天使か、あるいは災厄そのものか。

二基の棺を従え、剣を握って竜の骸《むくろ》に降り立つ少女は、思わずひれ伏してしまいたくなるほどに美しく、そして恐ろしくもあった。

しんと静まり返ったそれは、竜という未曽有《みぞう》の脅威に打ち勝った快哉《かいさい》ではなく、修羅に畏怖《いふ》する戦場のそれだ。

助けられたはずの神官兵たちでさえ、身動《みじろ》ぎひとつ取ることができない。

ただ、そんな緊張は長くは続かなかった。

サイファーの体が、糸の切れた人形のように膝《ひざ》から崩れたのだ。

「サイファー！」

大きな荷物を背負ったまま、ミコトはなんとか少女を受け止めることができた。

その体から翠の粒子が噴きこぼれ、〈スクアーマ〉が消滅していく。あとに残ったのは、先ほどまでの制服のそれである。

同時に、二基の棺とショートソードも消滅していた。

「稼働限界です。ナノマシンを休眠モードへ。早急なエネルギー供給が必要です」

どうやら、力を使い果たしてしまったらしい。考えてみれば、あんな力を無限に使い続けられるはずもない。

ミコトは、自然と腕の中のサイファーの頭を撫《な》でていた。

「おつかれさま、サイファー。格好良かったよ」

「……お役に立てて、わたしは嬉しいようです」

力なく微笑む少女は、ミコトよりも華奢《きゃしゃ》で儚《はかな》い女の子でしかなかった。

そこで、ようやく神官兵のひとりが声を上げる。

「坊主、こりゃあいったい、どういうことだ？　その嬢ちゃんはいったい……？」

「パトリックさん……」

果たして、この状況をどう説明したらよいものか。

警戒するように身構えるパトリックに、サイファーがささやくように語りかける。

「被害状況の確認を要請。人的被害は回避しましたが、家屋への損害が回避できませんでした」

「……ッ」

その言葉で、ミコトも気付いた。

——サイファーは、本当に街を守ってくれたんだ。

〈テスタメント〉はワイバーンを粉砕したような強烈な一撃を放たなかった。あんなものを街中で放てば被害が出るから撃たなかったのだ。

その上で、神官兵にも建物にも、もっとも被害の出ない方法で、つまり一度も竜に攻撃させないように立ち回っていた。

それは神官兵たちにも伝わったのだろう。

パトリックは小さく頭を振ると、右手を差し出す。

「まずは、礼を言うべきだったな。ありがとう。嬢ちゃんのおかげで、こっちの被害は最小限に抑えられた」

「はい」

そう返すと、またミコトの陰《かげ》に隠れるように顔を引っ込めてしまうが。

「ははは。いまは休んだ方がよさそうだな。いまごろ応援も来たみたいだし」

パトリックが目を向けた先では隊列を組んだ神官兵と、騎馬隊が駆けてくるところだった。

ただ、そこから向けられた言葉は予期せぬものだった。

「そこを動くな《厄災》め！」

◇

駆けつけた神官兵たちは、ミコトとサイファーを取り囲んでいた。

「お、おい！　相手を間違えるな。この子たちは竜の討伐に協力してくれただけ――ぐあっ？」

割って入ろうとしたパトリックが、容赦《ようしゃ》なく取り押さえられる。

そんな神官兵たちを指揮しているのは、馬上の騎士だった。

――神官兵じゃない。神官騎士……いや、もっと上の人間？

そんなものが存在するとしたら、ひとつしかないはずだ。

兜《かぶと》を脱いだ騎士は、ゆるやかに波打つ金色の髪と紺碧《こんぺき》の瞳の若い男だった。恐らくはデウス教団の中でも高位の者なのだろう。貴族のような品格があった。

「――神官将ゲアハルト・ハイゼンベルク――」

ささやいたのは誰だろう。それは、神官騎士団を束《たば》ねる長《おさ》の名前だった。

神官兵たちが姿勢を正し、敬礼を送る。

神官将ゲアハルトはミコトに目を留めると、その整った顔貌を険《けわ》しく歪《ゆが》める。

「《人型災害》もいっしょとはな。赤竜の暴走は貴様らの仕業というわけか」

「そんなっ、誤解――……」

誤解だと言おうとして、ミコトはふと考えてしまった。

――そういえば昨日からすごい不運続きだったのに、今日は特になかったよね……？

まさか一日分溜《た》まりに溜まった結果が、竜の襲来なんてことはないだろうか。

……ないとは言い切れない。

「やはりか」

「待ってください！　たぶん違うんです！」

絶対違うと言い張れないのが情けなくはあるが、騎士がミコトの言葉に耳を傾ける様子はなかった。

「ここで《厄災》を討つ！　構えよ」

騎士が片腕を上げると、神官兵たちが一斉に槍を構える。

そのときだった。

「感心しないな、ゲアハルト。いたずらに兵たちを殺すつもりかね？」

気怠《けだる》そうな声で制止がかけられた。

「ミリアムさん？」

ゲアハルトたちとは反対側の通りから、白衣の錬金術師がのそのそと歩いてきていた。

その姿を見て、いまにもミコトたちに槍を突き出そうとしていた神官兵たちが、なぜか身を強張《こわば》らせて槍を引く。

「ふむ、今回は竜か。この大きさは私も初めて見るな。さすがは災害認定されるだけの不運体質だね。素直に感心するよ」

その竜が真っ二つにされているこの状況に眉ひとつ動かさず、ミリアムはミコトとサイファーを背に守るように立つ。

すれ違い様にサイファーの様子を見ると、ミリアムはわずかに表情を曇《くも》らせる。それから、ミコトに小さくうなずいた。

——ミリアムさん、助けに来てくれたの……？　それはつまり、面倒くさがりなこの人がわざわざ出てこなければいけないような状況だということでもあった。

ゲアハルトは、いまにも斬りかかりそうな目で睨《にら》みつける。

「レオンハルト……貴様、なんのつもりだ？」

どうやら、彼らは顔見知りのようだ。ミリアムの顔には親しさが、ゲアハルトの顔には宿敵でも見たような忌《い》ま忌《い》ましさが浮かんでいた。

「やれやれ。同じことを二度も言わせないでくれたまえ。兵たちを犬死にさせるつもりかね。キミがいま為《な》すべきは住民の救助だと思うよ。倒壊した家屋の下には逃げ遅れた者たちもいるだろう？」

ゲアハルトはいらだたしそうに舌打ちを漏らす。

「そんなことを聞いているのではないっ」

そう吠えると、剣を抜いてミリアムの眉間に突き付ける。

「貴様はっ《厄災》を庇《かば》うつもりかッ！」

――《厄災》ってどういうこと……？

ミコトの不運体質がこんな事態を引き起こしたというのなら、納得はできないが厄災と呼ばれてもあまり文句は言えない。

ただ、ゲアハルトの視線はミリアムに向けられていて、それが誰を示した言葉なのかはわからなかった。

当のミリアムはというと、うるさい小言でも聞いたように耳をかいている。

「ゲアハルト。キミの愛国心は素直に尊敬するが、物事を確かめずに決断を下すのは悪い癖《くせ》だよ。アカデミーのころはもう少し可愛げがあったものだがね」

「貴様ッッ、私を愚弄《ぐろう》するつもりか！」

「……褒めたつもりなのだが、まあキミと話がかみ合わないのも、いつものことか」

芝居がかった仕草で頭を振るミリアムは、後ろで手を組む。その拍子にめくれた袖の中から、手の平に載せられた金属の塊が見えた。

――これは……〈煙石《けむりいし》〉？

着火することで煙幕《えんまく》を焚《た》く道具である。ミリアムはミコトにだけ見えるように〈煙石〉をさらすと、その手を袖の中に隠してしまう。

ミコトは小さくうなずいて、自分もこっそり手の中に一粒の丸薬を滑《すべ》り込《こ》ませた。

（サイファー。合図したら逃げるよ）

(了解しました。どの方角に逃走すればいいですか?)

その問いに、ミコトは答えることができなかった。

——どこへ逃げればいいんだ……。

逃げると言っても、あれだけの力を使ったのだ。サイファーは立つのもやっというという状態である。

ミリアムはなにかしら働きかけてくれそうではあるが、彼女だってなにもかもができるわけではないのだ。デウス教に拘束された人間を解放できるかと言われれば、難しいだろう。

——でも、ここに留まるわけにはいかない。

ならば、まずは外に向かうしかない。

(とにかく、街の外に)

(了解しました)

小声で話す間にも、ミリアムは会話を続けていた。恐らく、サイファーが回復するまでの時間稼ぎなのだろう。

「この赤竜、用意したのはキミたちだろう?　さしずめ《厄災》対策に用意したはいいが、首輪を千切られたといったところではないかな」

「貴様には関係のないことだ」

「少しは否定するものだよ。それでは自分がやったと言っているような——ッ」

そこで、ミリアムはなにかにハッとしたように背後をふり返る。その視線の先にあったのはミコトたちではなく赤竜の骸だった。

「な、なんだ？」

ゲアハルトも含めて、その場にいる全員がその視線の先を目で追ってしまう。

(行け、少年)

直後、ミリアムの手から〈煙石〉が落ちて強烈な煙幕が噴き上がる。

それと同時に、ミコトも手の中の丸薬を口に含んでサイファーに声をかける。

(行くよ、サイファー)

(はい——ひゃっ？)

ミコトはサイファーを抱きかかえて駆け出した。背中の荷物を背負ったままである。

〈強人薬〉——たったいま飲み込んだ丸薬は、一時的に身体能力を向上させる錬金術の薬《ドーピング》だった。

——効果時間は十分しかないんだけど。

皇都から脱出とまではいかなくとも、この包囲から抜け出すには十分な時間だ。

驚いたサイファーは小さな悲鳴を上げてしがみ付いてくる。

この子もこんな声を出すんだとかやわらかい感触だとか、こみ上げるいろんな感情を押し込め、走ることに集中する。

そんな少年の顔を見上げ、サイファーはどこか安心したようにつぶやいた。

「マスター。わたしはやはり、マスターが〝好き〟のようです」

「ほがっ」

「マスターッ？」

動揺した瞬間、突然頭上から落ちてきたなにかの看板が顔面を強打したが、ミコトは涙ぐみながらも足を止めなかった。

——たぶん、僕も……。

その答えを口に出す勇気は、まだなかったが。

◇

「駄目だ！　青竜《ブルードラゴン》も抑えきれない。鎖を千切られるぞ！」

「これ以上城下に被害を出してなるものか！　命を賭《と》して抑え込め！」

アルタール王城大礼拝堂。その庭園では暴れ狂う青竜が神官兵たちをなぎ倒していた。

大きさは、先ほど街に現れた赤竜と同程度だろう。何本もの〈鎖す鋼〉で拘束されてはいるが、それもひび割れていつ砕けてもおかしくない状況だ。

そうして、とうとう鎖の束が脆《もろ》くも引き千切られたそのときだった。

「――〈鎖す鋼はかくも踊る〉――」

直後、青竜の足元から無数の〈鎖す鋼〉が噴き出す。その数は百に上るだろうか。文字通り桁《けた》の違う力。一つひとつなら千切ることができたかもしれないが、その数を前には青竜も為《な》す術《すべ》なく地にくくりつけられていた。

「仕事熱心なのは感心だが、命というものはそう気安く擲《なげう》つものではないよ」

気怠そうなその声は、礼拝堂ではなく街へと通じる門の方向から聞こえた。

その鎖を放った人物を振り返り、そして神官兵たちは一斉に膝を突く。

「神官将ミリアム・レオンハルト閣下！」

神官将は神官騎士団を束ねる長の名である。

ただ、その任にあるのはゲアハルトひとりではなかった。

そして彼以外が公《おおやけ》に名前を出さないのは、公にはできない役目があるからだ。ミリアムはそんな公には出ない神官将の称号を与えられている。

――別に欲しくてもらったものではないが。

それでも便利に使ってはいるので、文句を言う筋合いでもない。

煙幕で汚れた白衣のポケットに左手をつっ込んだまま、ミリアムはどうでもよさそうに片手を挙げて返す。

ミコトたちを逃がしたあと、ミリアムはそのままここへと連行されていた。とはいえ、拘束もされていなければ槍で脅《おど》されているわけでもない。

自分の意思でここまで来たのだ。

「任務ご苦労。ここはいいから街の応援に行ってやってくれたまえ。家屋が倒壊して人手が足りていないようだ」

「ははっ！」

これから内緒話をするのに彼らがいては都合が悪い。神官兵たちはかしこまった敬礼を返すと、小走りに街へと去っていく。

その隣で、ゲアハルトが不愉快《ふゆかい》極《きわ》まりないという顔をする。

「ふん。用は済んだか？　ならばこちらの質問にも答えてもらおう」

「……私はこれでも、キミたちの不始末を片付けてやったつもりなのだがね？」

赤竜を呼び寄せたのは神官騎士団だった。とはいえ《厄災》相手に竜一頭で勝てると思い上がるほど、彼らは愚《おろ》かではない。

であれば、他にも同等の手駒《てごま》がいて然《しか》るべきであり、それがミコトの不運に巻き込まれて暴走するのも想像に難《かた》くない。

それゆえ、尋問の前にトラブルの種を片付けに出向いたのだった。

ゲアハルトが額《ひたい》に青筋を立ててがなり立てる。

「それと《厄災》を逃がしたのは別の話だ！」

やれやれと頭を振って、ミリアムは青竜の鼻に腰を下ろす。

『ぐガアアアッ』

「よしよし。キミには悪いことをしたが、少しおとなしくしてくれると助かる」

そう言って鼻先を撫でてやると、青竜は不思議とおとなしくなった。

あるいは、格の違いを理解してしまったのかもしれない。

ゲアハルトは再び剣を抜いて声を荒らげる。

「《厄災》が解き放たれれば、再び世界が滅びるのだ。貴様のやったことは、ヴァールハイト神皇国やデウス教への背信に留まらない。世界への裏切りなのだぞっ！」

デウス教に語られる《厄災》が蘇《よみがえ》れば、もう一度厄災戦争が始まる。

三百年前は辛《かろ》うじて生き延びることができたが、いまの世界は二度目の厄災戦争に耐えられるほど繁栄してはいないのだ。

それを十全に理解した上で、ミリアムは首を横に振った。

「結論から言おう。彼女は《厄災》ではないよ、ゲアハルト」

厄災戦争の生き残り。三百年前の遺跡に封印されるように眠っていた少女。その役目は神性生物との戦いにあったという。そんな彼女を解き放ったのは《人型災害》の名で呼ばれる不運な少年である。

さて、そんな少女が何者なのかと問われれば、答えはひとつしかなかった。

――サイファーくんは、デウス教に語られる《厄災》だ。

ミコトの不運体質は、ついぞ三百年間封印されてきた《厄災》すら呼び起こしてしまったのである。

そんなことは、ミコトが彼女を連れてきた瞬間にわかったことだ。

その上で、ミリアムは彼女が《厄災》ではないと結論づける。

「ふざけるな。あの遺跡に《厄災》が蘇る兆《きざ》しがあるというのは神託なのだぞ！」

「そうらしいね。でも私はそもそも神託というものをあまり信じていなくてね。自分で考えて探求しなければ、神さまだって愛想を尽かしてしまうのではないかな？」

「……貴様、自分がなにを言っているかわかっているのか？」

神託というのは、言葉通り神から告げられた預言なのだ。これを疑うということは、神そのものを疑うことに外ならない。

竜の鼻の上でゆったりと足を組み直すと、ミリアムは存外に真面目な声を返す。

「そうだろうか？　神託が正しかったとしても、それを受け取るのは人間だ。情報というものは複数の観点から精査できなければ信用に値《あたい》しない。聞き手が聞き違えたり、解釈を間違えたりしないとどうして言い切れる？」

口には出さなかったが、この神託というものを受け取れるのは選ばれた巫女《みこ》だけ。もしも彼女たちが神託を自分たちに都合のいいように改ざんしたところで、余人《よじん》には確かめる術がない。

「ひと晩だが、彼女といっしょに過ごしてみてわかったよ。あの子は人間を攻撃できるようにはできていない。少年にも友好的だ。味方にできれば、それこそ世界を守る力になるだろう」

夢見がちな戯《ざ》れ言《ごと》と一笑されても文句の言えない言葉だったが、しかしゲアハルトは笑いも怒りもしなければ、その可能性を熟考するように黙り込んだ。

――こういうところは、嫌いではないのだがね。

それから、ミリアムは真《ま》っ直《す》ぐゲアハルトを見て言う。

「とても、いい子だったよ。少年が肩入れしたくなるのもわかる。彼女は最終兵器だったかもしれないが《厄災》ではないよ。これが私の結論だ」

デウス教に語られる《厄災》とは、慈悲《じひ》もなく無差別に幾千幾万幾億という人間を鏖殺《おうさつ》し、世界を滅ぼした悪魔なのだ。

——私が知ったサイファーくんとは、似ても似つかぬものだ。

だから、ミリアムは彼らを守ることにした。

「それにね、ゲアハルト。キミが怒っているのは、もう少しで彼女を討ち取れそうだったからではないかね？」

あのときのサイファーは、明らかに疲弊《ひへい》していた。

《厄災》のごとき力を振るう彼女だが、その魔力は無尽蔵ではなかったのだろう。昨日もミコトを守るために相当な力を振るったという。

そこで消耗した膨大《ぼうだい》な魔力は、単純に休むだけでは回復しなかった。あるいは休んだ程度の回復量ではまったく足りないほど消耗しているのだ。

「わかっているなら、なぜ邪魔立てをした！」

「その程度で討《う》てる相手が《厄災》なのかね？」

「……ッ」

言葉を詰まらせるゲアハルトを眺めながら、ミリアムは白衣の袖をめくると左のポケットから紙煙草《かみたばこ》を取り出し、火を入れる。

「……おっと、そういえば初めの質問に答えていなかったね。私がなぜ彼らを逃がしたのか。その答えは単純明快だよ」

ふうっとため息のように紫煙《しえん》を漏らして、ミリアムは静かにこう答えた。

「彼らが、怖かったからだよ」

それまでの意見を翻《ひるがえ》すようなひと言に、ゲアハルトは紺碧の眼を見開いた。

「なん、だと……？」

「ゲアハルト。あの少年がなんと呼ばれているかは知っているだろう？」

「……《人型災害》か」

「少年は……いや、少年の一族は単に不運な血筋というわけではないのだよ。彼らだけがああも不運に見舞われる原因は——呪いだ」

その言葉に、ゲアハルトはふんと鼻を鳴らす。

「報告にあったな。デウス神の怒りに触れ、世界から殺される呪いを受けた一族か」

ミコトの一族に姓はない。名乗ることすら忌むべきものとされ、禁じられてしまった。

——度《ど》しがたいものだね。

そんな呪いを受けながらも、彼らは純朴にして優しい一族だ。ミリアムはそれを誰よりもよく知っている。だから、こうしていまもミコトに協力しているのだ。

「うむ。少年はね、その一族の最後のひとりなのだよ。だがその結果、どういうことになったかわかるかね？」

「回りくどい。なにが言いたいのだ」

「三百年に及ぶ神の呪いの全てが、あの少年に収束したのだよ」

彼らの一人ひとりにかけられた呪いは、そこまで強固ではなかったかもしれない。しかし、血そのものにかけられた呪いは、個体数が減るごとに濃度を増すように凶悪になっていったのだ。

その事実も、ゲアハルトは冷淡にはね除《の》ける。

「ならば余計に殺しておくべきであろう」

「それは違うぞゲアハルト。三百年もかけて、弱まるどころか力を増すような陰湿《いんしつ》な呪いだよ。彼が死ぬことで呪いが消える保証がどこにあるのかね？」

紙煙草をギュッと嚙むと、ミリアムは震えるように続ける。

「少年が死ぬことで、無差別に呪いが振《ふ》り撒《ま》かれるとは考えられないかね？」

「根拠のない憶測だな。貴様らしくもない」

「……それが、そうでもないのだよ」

ミリアムは物憂《ものう》げに頭上に手をかざす。かざした手の先で空間がぐにゃりと歪み、魔術による障壁《しょうへき》が展開される。

その行動に、ゲアハルトは露骨に顔色を変えて身構えた。

「結界？　いったい、なにが……」

そこに、空からなにか小さなものが落ちてきた。

「今度は鳥の糞《フン》か。嫌になるね」

この場に於《お》いてなんとも気の抜けるような不運ではあるが、ここは緑の多い広場でもあるのだ。竜がいるとはいえ、拘束されて無害とあれば鳥が飛ぶこともあるだろう。そこで運が悪ければ、こんな不運もある。

ただの偶然の範疇《はんちゅう》を出ない出来事のはずだが、ゲアハルトは驚愕《きょうがく》に目を見開いていた。

「馬鹿な――〈障《さわ》る壁は永遠に別つ〉――神官魔術最大の防壁が……っ」

神官魔術は防御と拘束に秀《ひい》でた魔術である。ミリアムが使ったのは、その神官魔術の中でも最上位の防御魔術だった。

そんな障壁に縫い止められた鳥の糞だが、じわじわと落下を続けていた。

剣だろうと魔術だろうと砲《ほう》だろうと、触れれば無慈悲に粉砕すると言われるこの障壁ですら、この〝現象〟を止められずに軋《きし》んでいる。

やがて、障壁をすり抜けた鳥の糞は、ミリアムの白衣の裾《すそ》を汚した。

「……やれやれ。白衣は汚れるものとはいえ、洗ってもらったばかりなのだがね」

些細《ささい》な不運だ。

だが、その些細な不運は、現代最高の魔術を以《もっ》てしても止められない不運だった。

――神の怒りは、同じ神の奇跡では止められないということだろうね。

魔術とは、神から力を借りる御業《みわざ》なのだ。その力で神に背《そむ》くことなどできようはずもない。

だから、ミリアムは魔術とは違う力の研究に身を投じた。

「見ての通りだよ。私は少年と過ごした時間が少々長くてね。少年が近くにいると、私の身にも不運が降りかかるようになった」

ミコトが死ぬことで余計に呪いが広がるという根拠はこれだった。

青竜すら造作もなく拘束する神官将《ミリアム》が、防ぐことすら叶わぬ呪い。この事実に、ゲアハルトも絶句させられていた。

――だが、サイファーくんはその〝不運〟を造作もなく止めた。

理由に関しては推測の域を出ないが、彼女が魔術が生まれる前の時代の存在であることが関係しているのではないかと思う。

ミコトの呪いを覆《くつがえ》しうる、唯一の可能性である。

ミリアムは白衣の汚れをハンカチで拭いながら言葉を続ける。

「さらに厄介なのはね。呪いの作用は少年の感情に左右されることなのだ」

「……どういう意味だ？」

「言葉のままだよ。少年が常に平常心でいられれば自身がささやかな不運を被《こうむ》る程度で済むが、彼が悲嘆《ひたん》に暮《く》れ、憎悪《ぞうお》に身を焼こうものなら呪いは天変地異すら引き寄せる」

「天変地異だと？　昨日の地震がそうだとでも言いたいのか」

ミリアムは首を横に振った。

「あれは元々あの遺跡が脆《もろ》くなっていたから引き起こされただけの、普通の不運だよ」

「地震が普通だと？」

ミリアムはとんと煙草を叩いて灰を落とす。落ちた灰は竜の鼻に落ちると思いきや、突然宙に真っ暗な穴が開いてそこに吸い込まれて消えた。〈落ちゆく奈《いかん》〉と呼ばれる魔術で、空間そのものに穴を開けるという特性上、いかなる力を以てしても防ぐことのできないものだった。

自分の鼻の上に灰を落とされそうになったり亜空間魔術まで行使され、青竜がもう帰りたいと言うように低く唸った。

「……ゲアハルト。キミ、五年前に星が落ちたのを覚えていないかね？」

「燃える星が落ちた日か。忘れるものか。あれを止めた功績で貴様は神官将の席についたのだからな」

「……止めてなどいないよ。落ちる先を少し逸らすので精一杯だった」

空から落ちる隕石《いんせき》は、神官将ですら止めることができない。ミリアムであってもだ。

その話をここでする意味がわからぬゲアハルトではない。

「まさか……」

「少年の祖父が死んだ夜に、あれは起きたのだよ」

ゲアハルトはギリッと歯を鳴らす。

「やつらを追い詰めると、同じことが起きると？」

その言葉に、ミリアムはなにも答えなかった。

——そんな少年が、どうやら恋をしたらしい。

これが、ミリアムが恐怖した理由である。

恋とはかくも強く、そして千々《ちぢ》に乱れた感情なのだ。

これから引き起こされる不運は、これまでの比ではないだろう。ミリアムではもはや傍にいることすら叶わないかもしれない。

ただ、それでも人は恋をする。

恋をして、あるいは変わって、奇跡さえ起こす。

それこそ、神の呪いだってはね除けられるかもしれない。

——酷い博打《ばくち》だがね。

でも、彼らを信じたいと思ったのだ。

ゲアハルトは悩むように頭を押さえるが、やがて首を横に振った。

「それが事実だとしても、我らのなすべきことは変わらん。我らはデウスの剣。我らは国と民草を守るために在る。相手が《厄災》だろうと《人型災害》だろうとだ」

そう言って片手を挙げると、周囲の暗がりから幾人もの神官騎士、中には同じ神官将までもが姿を現す。

「ミリアム・レオンハルト。貴様を拘束する。罪状は反逆罪だ」

「……まあ、キミならそう言うと思ったよ」

抵抗の素振りも見せず、ミリアムはミコトたちを思う。

――すまないな。手は尽くしたつもりだが、私はここまでだ。

きっと、彼らならこの先は自分たちの力で歩いていける。

◇

「サイファー、具合は大丈夫……？」

「はい、マスター。マスターよりはずっと大丈夫です」

夜。皇都をなんとか脱出したミコトとサイファーは、森の中で野営を張っていた。

位置としてはサイファーと出会った遺跡の周辺である。

追手がかかっていないわけはないと思うが、いまのところ近くに神官兵が迫っている様子はない。向こうもミコトたちを見失っているのかもしれない。

ミリアムの屋敷に置いてきた荷物は回収できなかったが、昼間に買い集めた道具は持ってこられたのだ。ふたりで使うことを考えると不足ではあるが、テントを張って休むくらいのことはできる。

そんなミコトだが、頭から地に突っ伏《つぷ》して身動ぎひとつ取れなくなっていた。

――だから〈強人薬〉は使いたくないんだよね……。

魔術を極めた者なら、真の意味で身体を強化することもできるという。

しかし〈強人薬〉という薬は、そんな都合のいい力ではない。

人間の身体というものは普段、本来の力の三割程度しか使っていないという。その残り七割を覚醒させるというのがあの薬である。火事場の馬鹿力という言葉があるが、まさにその力を呼び起こすのだ。

だが普段その七割が使われていないのは、使うと身体が耐えられないからなのだ。

まあ、使った甲斐あってか、サイファーの方は顔色もよくなっていた。動き回れる程度には回復したようだ。力さえ使わなければ、倒れることもないだろう。

ミコトの傍《かたわ》らにしゃがみ、心配そうに背中を撫でてくれている。優しい。

ただ、丈の短いスカート姿でそんなことをしているのだ。迂闊《うかつ》にそちらに顔を向けてしまうと見えてはいけないところが見えてしまいそうで、ミコトは地面と顔を突き合わせることしかできなかった。

野営の設置も、半分以上は彼女がやってくれたのだ。

そうしていると、サイファーはなにか決心したように小さくうなずく。

それから、ミコトと同じような姿勢で地面に突っ伏してみせた。

「…………」

「……えっと、なにをしているの？」

少女はどこまでも真面目な声音でこう答えた。

「腕立て伏せというものを実践《じっせん》しています」

――僕が知ってる腕立て伏せと違う。

喉元まで出かけた言葉を、ミコトはなんとか呑み込んだ。

言われてみれば、サイファーはがんばって身を起こそうとしているようだ。頬を膨らませ、顔を真っ赤にして腕をプルプルと震わせている。

「ふぅ……っ……あれっ……ん…………はひっ」

しかし悲しいかな、どれほど力んでもその体は一ミリたりとも持ち上がらなかった。

――力を使わないと、本当に普通の女の子なんだ……。

いや、普通以下だろうか。ミコトの中にかつてない庇護欲《ひごよく》がこみ上げた。

やがて力尽きたように両腕を投げ出すと、サイファーは困惑に満ちた声を上げる。

「マスター。深刻なエラーが発生しています。わたしの腕にわたしの体重を支える筋力がありません」

「女の子なんだし仕方ないと思うよっ？」

思えば、ミリアムも体重が気になるとかで腹筋をしようとしたことがあったが、結局一度も体を起こせないまま断念していた。

サイファーは自分自身に失望したようにつぶやく。

「マスター。この時代でもっとも非力な生き物とはなんでしょうか」

「え？　えっと、ケサランパサラン……とか？」

ふわふわして浮遊するだけの謎の生き物である。魔物の一種に分類されているが、実際には生き物なのかすらよくわかっていない。

「いまのわたしはそれです。ケサランパサランです。非常に無様《ぶざま》です」

それはそれで可愛らしいと思うのだが、自分と同じ姿勢で言われるとなんだか責められているような気分だった。

ふたりで地面に突っ伏していても仕方がない。ミコトはなんとか身を起こす――あちこちからベキベキと嫌な音が聞こえたが――と、サイファーに問いかける。

「えっと、なんで急に腕立て伏せなんてしようと思ったの？」

「現在、致命的な身体能力の低下を確認。基礎身体能力を向上させることで、〈スクアーマ〉を始めとするナノマシンの稼働効率を改善することが可能です」

どうやら昼間、寝袋ひとつ抱えられなかったことを気にしているようだ。

ミコトは首を横に振る。

「無理しなくていいよ。サイファーだってずっと眠っていたんだし、いきなりなんでもはできないと思うよ？」

そう励ましてはみるが、サイファーは身を起こすと納得いかないように膝を抱える。

「マスター。疑問があります」

「なんだい？」

「起動時にデータを喪失したようですが、わたしには稼働形跡があります。にも拘《かか》わらず、ナノマシンの経験データまで消失しているのは不可解です」

「うーんと……サイファー自身が覚えてなくても、そのナノマシンっていうか、体の感覚まで忘れるのはおかしい……みたいなこと？」

「はい。実戦投入されたのであれば、稼働に足る訓練は積んでいたものと推測されます。にも拘わらず、その蓄積データまで失われています」

ようやくミコトにもサイファーが言っていることがわかった気がした。

サイファーだって力を使うために、訓練を受けたり体を鍛えたりしたのだ。三百年眠っていても、そのナノマシンというものがそれらの経験を保持しているはずだったのだろう。それが記憶とともに失われていることは、異変なのだ。

ミコトは腕を組んで首を傾げる。

「サイファーが眠っていたのは修復施設だって言ってたよね？　だったら、そのナノマシンっていうのもいろいろ忘れちゃうくらい、大変な怪我をしたってことはない？」

「その破損レベルでは機体の修復自体が不可能と思われます。機体が廃棄《はいき》されていないということは、少なくとも修復可能な状態だったと推測されます」

サイファーの言葉は相変わらずよくわからない単語が混じっているが、だいたい言いたいことはわかった。

「じゃあ、えっと……サイファーの記憶とは別に、そのナノマシンの方の記録がなくなるようなことがあったってことじゃないのかな？」

正直、どちらか片方だけ記憶がなくなる状態の方が、ミコトにはよくわからないが。

サイファーは小さくうつむいた。

「はい。恐らくはその可能性が高いと思われます。ただ、それはマスター以上の権限でそう実行しない限り、起きないことのはずです」

その表情から、ミコトにもそれが自然に起こることではないのだとわかった。

——つまり〝誰か〟がそういうふうにしたってこと？

では、その〝誰か〟とは何者なのか。

サイファーの記憶が失われたことは、彼女があの場所に封印されるように眠っていたことと関係があるのかもしれない。

そうして考え込んでいると、サイファーがぴくんと顔を上げた。

「——ッ」

「ど、どうしたのサイファー？」

その表情があまりに真剣だったことで、ミコトもただ事ではないと感じた。

——神官兵の追手が来たの？

森の中とはいえ、たき火を焚いたのは軽率《けいそつ》だったかもしれない。

緊張して問いかけると、サイファーは深刻な表情のままうなずいてこう言った。

「スープに火が通ったようです」

「ご飯作ってくれてありがとうね！」

反射的にお礼を言いつつ、さすがにミコトも愕然《がくぜん》とした声をもらす。

「って、いまの話はもういいの？」

「マスターの食事は優先順位の上位に項目されます」

「ご飯くらいあとで大丈夫なんだけどっ？」

「マスターの生命維持に拘わることを下位には設定できません」

そう答えると、サイファーは真剣な表情でスープをかき混ぜ、味見をする。どうやら美味しくできたようで、少女の頰がほのかに紅潮した。

「マスター。レシピ通りの味を再現しました」

「あ、ありがとう」

サイファーはスープをスプーンで掬《すく》うと、ふうふうと息を吹きかけてそのままミコトの前に差し出す。

あまりに自然に『あーん』をされて、流されるように口を開こうとして――ミコトは我に返った。

「じ、自分で食べれるから！」

「身体に過度の疲労を確認。ひとりでの食事は危険と判断します」

「スプーンくらい持てるんだけどっ？」

とは言え、食べるまではサイファーも引き下がってくれそうにない。

ほどなくして、根負けしたのはミコトの方だった。

「じ、じゃあ、いただきます……」

怖ず怖ずと口を開くと、サイファーはそっと口の中にスプーンを運んでくれた。

――なにこれ、嬉しいけどすごく恥ずかしい……でもやっぱり嬉しい。

目を白黒させながら平静を取《と》り繕《つくろ》っていると、サイファーは神妙な顔でスプーンを下ろした。

「マスター。尋常ではない〝恥ずかしい〟が発生しています。対処を求めます」

「恥ずかしいなら無理しなくていいんだよっ？」

言われてみれば、サイファーの頬は真っ赤に染まっていた。たき火のせいというわけではなさそうだ。

視線を合わせられなくて、ミコトは黙ってスープを啜《すす》る。

――あ、この味……ミリアムさんの家で食べたことがあるかも……。

このレシピもミリアムが教えてくれたものなのだろう。覚えていないだけで、ミコトは彼女にご飯を作ってもらっていたらしい。

「ミリアムさん、無事だといいけど……」

「はい。センセイに助けていただきました」

どんなトラブルも飄々《ひょうひょう》と切り抜けてきた人だ。おとなしく神官騎士に捕まったりはしていないと信じたいが、いまのミコトに彼女の安否を確かめる術はなかった。

——ミリアムさんの様子がおかしかったのは、こうなることがわかってたから？

今回帰ってきてから、妙に優しすぎるというか、まるでお別れするような態度だった。

ミコトは不安を振り払うように頭を振る。

「ミリアムさんは行けって言ってくれたんだ。僕たちが戻ったりしたら、ミリアムさんのしてくれたことも無駄になっちゃう。だから、先に進もう」

「……はい、マスター」

封印の地ズィーゲルヴァルト。そこにサイファーの記憶の手がかりがあるかもしれないのだ。

どの道、あんな騒ぎになった以上、当分は皇都にいられないだろう。

ミコトは、進むしかないのだ。

熱いスープを一気にかき込み、ミコトは椀を差し出す。

「サイファー、おかわりもらっていい？」

「……はい！」

「サイファーもたくさん力を使って疲れてるでしょ？　ちゃんと食べてね」

「はい。たくさん食べます、マスター」

奮起するようにふたりでスープを平らげると、いつしか鍋は空《から》になっていた。

「……もう、食べられない」

その結果、当然のことながら満腹で動けなくなった。

ごろんと地面に転がって、ミコトはサイファーに問いかける。

「そういえば、サイファーの魔力……で、いいのかな、とにかく力って、休んだら回復するものなの？」

昨晩はちゃんと食事も休眠も取っていたはずだが、サイファーの力はあまり回復していなかったように思う。

サイファー自身も知らないことなのだろうか。しばらく考えるように沈黙する。

「データ検索。〈プエラ・エクスマキナ〉シリーズは静止衛星、あるいは月面ベース〈オルクス〉よりエネルギー供給を受けることで、回復が見込めます。食事や休眠による回復は微量。心身の疲労には効果的です」

ミコトはガバッと身を起こす。

「じ、じゃあ、なにか特別なことをしないと回復しないってこと？」

では、ミコトは彼女にずいぶん無理をさせてしまったのではないだろうか。

サイファーも身を起こすと、夜の空を見上げる。木々の枝葉に遮《さえぎ》られてよく見えないが、空は晴れていて星も出ていた。

「静止衛星反応なし。撃墜《げきつい》あるいは経年劣化により機能を停止したものと思われます」

その声には、少なからず落胆の色が滲《にじ》んでいるように聞こえた。そのままうつむきそうになって、ぴくんともう一度顔を上げる。

「〈オルクス〉に微弱な反応を確認。現在も稼働している可能性があります」

「回復できるってこと？」

「可能性はあります」

「どうすればいいの？」

ミコトが顔をずずいと近づけると、サイファーはなんだか怯《ひる》んだように仰《の》け反《ぞ》った。

「つ、月が見える場所が必要です」

「月……？　ここからじゃ、ちょっと見えないね」

空がまったく見えないわけではないが、木々に覆われていて月がどこに出ているかもわからなかった。

ミコトは立ち上がると、サイファーに手を差し出す。

「月が見えるところを探そう」

「推奨しません。夜の移動には危険が伴《ともな》います」

「でも、サイファーには必要なことなんでしょ？」

「……はい」

「じゃあ、行こう？」

真《ま》っ直《す》ぐな言葉に圧倒されたように、サイファーは仰け反り、それから怖ず怖ずとミコトの手を取った。

「はい、マスター」

◇

「あった。ここならどう、サイファー？」

森の中を少し歩いてみると、空の見える場所に出ることができた。

この森はミリアムから調査を依頼された遺跡周辺の森だ。最初の調査の段階で簡単な地理は把握していた。

ただ、地震の影響か、すっかり浸水して泉のようになってしまっている。苔《こけ》むした瓦《が》礫《れき》が柱のように突き出していて、神殿かなにかのようにも見えた。

空を見上げると、眩《まぶ》しいくらいの月が浮かんでいた。

曇《くも》っているわけでもないのに、他の星が見えないくらいだ。

――これなら、サイファーが言ってたエネルギー供給っていうのもできるかな？

そう思ってふり返り、ミコトは言葉を失った。

月を見上げるサイファーの頬には、透明な滴《しずく》が伝っていた。

「サ、サイファー？　どうしたの？　どこか痛いの？」

慌てて問いかけると、サイファーは自分の頬に触れて首を傾げる。

「……？　不明です。エラーは確認できません」

自分でもなぜ泣いているのかわからないらしい。心底不思議そうな様子だった。

それから、もう一度月を見上げてつぶやく。

「ただ、月があまりに綺麗だったもので」

「な、泣いちゃうくらい綺麗だったたってこと？」

「そのようです」

他人事《ひとごと》のようにつぶやくが、ミコトはその気持ちに寄《よ》り添《そ》ってあげたいと思った。

「本当に、綺麗な月だね」

「はい。手が届きそうなくらいです」

——なんだろう。口説《くど》いてるみたいな気分になってきたっ？

形容しがたい羞恥心《しゅうちしん》に苛《さいな》まれていると、サイファーは濡《ぬ》れるのも気にせず泉の中へと足を踏み入れる。

水の深さは膝くらいのもので、そのまま入っても問題なさそうだ。

「サイファー、足元に気を付けてね。この辺り、水没しちゃってるし足場ももろくなってると思う」

「了解しました、マスター」

心配なので、ミコトも靴のままサイファーのあとを追いかける。

泉の中央あたりまで進むと、サイファーは足を止めた。

「月面ベース〈オルクス〉へセラフィックコードを送信——」

そう唱えると、静かに目を閉じ、胸に手を当てて唇を震わせた。

『——【Fiə vɑːrju ʌin zeər fiə wel tʒuo wel】——』

『——【Tʒuo wel fiə wel leu vɑːrju leu】——』

それは、歌だった。

水面《みなも》に波紋が広がるように、静かに遠くまで響く透明な歌声。いつまでも耳を傾けていたくなるような旋律だった。

——こんな綺麗な歌があるんだ……。

そんな少女の背から、独りでに翠の光があふれ、結晶蝶の翅を紡いでいく。頭上には光の円環が浮かび、結晶の翅が月光を浴びて輝き始める。

瓦礫の浮かぶ泉の中、蝶の翅を背負って歌う月下の少女は、どんな神さまよりもきっと美しかった。

その姿を見て、ミコトはとうとつに理解してしまった。


——ああ、そうか。僕はサイファーを、好きになっちゃったんだ……。


たぶん、最初にサイファーが目を覚ましたときにもう、そうだったのだろう。

とんでもない力を持っているくせに世間知らずで、そして誰よりも純粋な少女。彼女から〝マスター〟と呼ばれ、こんなに寄り添ってもらって、好きにならないでいることなどできるわけがない。

そんな姿に見蕩れ、聴き入っていると、やがて歌はとうとつに終わりを迎える。

それと同時に、背中の翅と円環も、パラパラと崩れて消えていく。

あとには制服姿のサイファーだけが残された。

銀色の髪をまとわり付かせ、物憂《ものう》げにふり返った少女はそのまま消えてしまいそうなほど儚く、それでいて思わず傅《かしず》きたくなるほど厳《おごそ》かに見えた。

かつてないほど、胸が高鳴ってしまう。

そんな幻想的でさえある少女はというと、いかにも褒めてほしそうにミコトの方へと駆け寄ってきた。

「マスター。エネルギー供給に成功。全機能が回復しました」

「そ、そっか。元気になったみたいでよかったよ」

「限定的ではありますが、いまなら全兵装を無制限で展開し続けられます」

「いったいなにと戦うつもりなのっ？」

疲弊してなお赤竜を一蹴してしまうサイファーである。それが全力を出し続けたら、それこそ世界が滅んでしまいかねない。

とはいえ、とミコトは思う。

――もしミリアムさんが捕まって困ってるなら、その力で助けにいけるかも……。

そんな物騒な考えが脳裏を過《よぎ》り、ミコトは慌てて頭を振った。

サイファーに人間を攻撃させるわけにはいかない。それに、ミリアムがおとなしく捕まったとも思えない。

「そ、そろそろ戻ろうか。明日からも移動しなきゃいけないし」

「はい、マスター」

そうして泉から上がろうと足を進めて、足元にボキンと嫌な感触がした。

「あ」

「マスター！」

どうやら足場が陥没《かんぼつ》したらしい。

足元に気を付けろとか言ったのは自分の方だった気がするが、見事に深みにはまってしまった。

ずぼっと沈むミコトの手を、サイファーが慌てて摑む。

「──ひゃっ」

そのまま引き上げようとはしてくれたのだろうが、生身のサイファーはミコト以上に非力なのだ。

踏《ふ》み堪《こら》えられず、見事にひっくり返ってしまっていた。

「げほげほっ、だ、大丈夫、サイファー？」

それでもなんとか深みからは脱することができた。

顔を上げるとサイファーは手を伸ばした姿勢のまま尻餅《しりもち》をついて、頭からポタポタと水を滴《したた》らせていた。

「エラーです。エネルギー供給しても、わたしの身体能力はケサランパサランです」

「……ぷっ」

それは先ほどの神秘的でさえあった姿からはあまりにかけ離れていて、ただの女の子に戻ったのだという落差も相まってミコトは噴き出してしまった。

「マスター。笑うのは意地悪です」

「ご、ごめん。でも笑っちゃうのは仕方ないと思うよ」

「……ふふっ」

批難がましい目を向けてきたサイファーだが、やがて堪えきれなくなったように小さく噴き出していた。

びしょ濡れのまま、ふたりは声を上げて笑うのだった。

――サイファーが口を開けて笑うところ、初めて見たな。

思わずそんな笑顔に見蕩れていると、不意にサイファーはなにかに気付いたように胸を押さえた。

「ああ、そうか。もしかして、これが――」

と、そんなときだった。

澄《す》み切《き》った夜の空から、雷鳴のような音が轟く。

あたかも胸の高鳴りに呼応したかのごとく、空から燃える星が落ちてきていた。

◇

空から、燃える星が落ちてきていた。

夜の空を流れる星は幸運の兆しだと言われている。それを目にすることができた人は望みがひとつだけ叶うという、他愛のない言い伝えだ。

だが、吉兆と凶兆は表裏一体というのが世の常である。

美しい流星は、ごく希《まれ》に地上まで落ちてくることがあるという。

その瞬間、流星は幸運の兆しから死の鉄槌《てっつい》へと変貌する。

激しく燃えさかる、この星が落ちた場所にはなにも残らない。

どんなに優れた魔術師も、どこまで鍛えた戦士も、どれほど強固な城塞《じょうさい》も、この天から落ちる災厄から生き延びる術はないのだ。

ゆえに、落ちる星は〝神の裁き〟と呼ばれている。

雷以上に抗《あらが》いえぬこの力は、神がそう定めた死なのだと。

そんな燃える星が、自分に向かって落ちてきていた。

頭から冷や水を浴びせられたように、それまでの高揚感が霧散《むさん》する。

——逃げなきゃ……。

心がそう訴えても、圧倒的な〝死〟を前にした体は一歩も動いてくれなかった。

だって逃げる場所など、どこにもないのだから。

そんなときだった。

「マスター。質問があります。〝恋〟とはなんでしょうか？」

　空から燃える星が落ちてくる。

　そんな抗いえぬ絶望を前に、サイファーがまず口にしたのはそんな言葉だった。

「いまっ？　それ、いま聞かなきゃいけないことなのっ？」

「はい。記憶領域破損データの修復が完了しました。断片的な情景ではありますが、その中に――」

「待って？　あれ見て？　星が落ちてきてるの！　僕たち死んじゃうんだよっ？」

　涙を浮かべてそう訴えると、少女はようやく地獄のような空を見上げてくれた。

「対象を解析。静止軌道を逸脱したスペースデブリと断定。マスターの脅威と認識――撃破します」

　ゆっくりと立ち上がるサイファーの背から、再び結晶蝶の翅が突き出す。月明かりを浴びて輝くそれが、どうやら月光から力を吸収しているらしいことがわかった。

「――〈ウェルテクス〉起動――」

　続けて右手に紡がれたのは、いつもの棺型の銃〈テスタメント〉ではなかった。

　槍のように長大な銃、いや砲台だろうか。銃身からいくつもの管が飛び出し、蝶の翅へと接続されていく。

「対象をロックオン。〈ウェルテクス〉チャージ完了――発射《ファイア》」

ささやくような呼びかけに、光が放たれる。

竜の吐息がごとき光は、音よりも速く落ちてくる燃える星を狙《ねら》い違《たが》わず貫いた。

光の反動で槍が撥《は》ね上《あ》げられ、踵《かかと》が地面を抉《えぐ》って少女の体が後ろに押し出される。

夜の空が昼のように明るくなり、パラパラと塵《ちり》のような光が降ってきた。

現在、落ちてくる星を防ぐ手立ては、人類にはない。できるのはせいぜい、魔術を駆使して落ちる場所を逸らすくらいのものである。

恐らくは過去最大の不運に対し、サイファーは真っ向からこれを完封していた。

ぽかんとしてそんな空を見上げていると、サイファーが口を開く。

「対象の消滅を確認。任務完了しましたマスター」

「えっ、え、あ、はい……」

「…………」

少女の手から槍のような砲身と、蝶の翅が消失する。

「え、え？」

それから、なぜか銀色の頭頂部をぐりぐり押しつけてくる。銀色の髪が空の炎に照らされ、可愛らしいつむじを中心に光の輪が浮かんで見えた。

そういえば、赤竜と戦ったとき、ミコトはサイファーの頭を撫でてあげた。

どうやら気に入ったらしい。

請《こ》われるままに頭を撫でて、ミコトは再び衝撃を受けた。

――え、髪？　なにこれやわらかぁ……。

頭頂部までは濡れてなかったようだ。前に撫でたときは衝撃が大きすぎて気付かなかったが、滑《すべ》らかでやわらかく、なんだか花のようないいにおいがした。

思わず目を細めていると、サイファーはまた同じ質問を投げかける。

「マスター。質問があります。〝恋〟とはなんでしょうか？」

空を見上げると、砕けた星の欠片が降り注いでいる。

――そういえば、街でもカップルを見て気になってたみたいだったなあ。

こんな悪夢めいた危機からも救ってもらったのだ。ミコトは彼女からの問いかけに答える必要がある。

とはいえ、ミコトもその問いに明確な答えは持っていない。

気を落ち着けるように、まずはサイファーの真意を問う。

「ええっと、なんだって恋なの……？」

「はい。修復データの中に〝恋〟に関する記述がありました。なにか重要な概念だった可能性があります」

「可能性って、わからないの？」

サイファーは消沈したように肩を落とす。

「データの破損が激しく、具体的な記述は復元できませんでした」

「そ、そうなんだ……」

なんだかホッとしたような、もやもやするような複雑な気持ちだった。

――いや、ホッとしちゃダメだよ！

サイファーの記憶が戻らなかったことに変わりはないのだ。

ミコトが答えに悩んでいると、サイファーはいつになく真剣な表情で言う。

「三百年前のわたしには、なにか大切なものだったかもしれないんです」

ミコトは腕を組んで頭を捻《ひね》る。

「えっと、恋っていうのは……なんなんだろう。要はす……すっ、好きってことだとは、思うんだけど……」

しかしこの恋の〝好き〟と友人や家族に向ける〝好き〟の違いを、どう説明すればいいのだろう。

頭を悩ませていると、サイファーは納得したように口を開いた。

「なるほど。ではわたしはマスターに恋をしているのですか？」

あまりにド直球な言葉に、ミコトはたじろいだ。

「えうぅっ？　えと、その、恋っていうのは、ただの好きじゃなくて、もっと特別な好きっていうか……」

自分は好きな女の子の前でなにを説明させられているのだろう。

顔が真っ赤になって、言葉も尻すぼみになってしまった。

サイファーは首を傾げる。炎に照らされた銀色の髪が、しゃらりと揺れる。

「特別な好きとは、どういった状態ですか？」

「はうっ、それはそのっ」

「マスターは特別ですが、それとはまた違うものなのですか？」

持ち前の好奇心でぐいぐい問いかけられ、ミコトは倒れそうなほど仰け反る。

……いや、すでに転倒しているのだが、いつの間にかサイファーが抱き支えてくれていた。

なんとか身を起こすと、肩でぜえぜえと息を切らせながらミコトは答える。

「えっと、いっしょにいるとドキドキしたり気になって仕方がないというか、単純に仲良くしたいとかじゃなくて、キミじゃないとダメというか、他の誰と別れることになっても、キミとだけは離れたくないというか……って、うん？」

なぜかサイファーが目を見開いていた。なんだか顔も赤くなっているように見える。

――って、これじゃ口説いてるのといっしょじゃないか！

思わず自分の気持ちをそのまま語ってしまったミコトは、あわあわと両手を振る。

「そっ、そういう感情があるっていう話だからねっ？」

「は、はい！」

それから、サイファーは自分の胸に手を当てて頭を捻る。

「マスターといると、胸がドキドキすることがあります。わたしの質問に一生懸命考えながら答えてくれる横顔が、わたしは気になるようです。わたしは、マスターといっしょにいたいです」

確かめるようにひとつひとつ数え上げて、それからサイファーは真っ直ぐミコトを見て問いかける。

「これは、マスターの言う〝好き〟とは違いますか？」

ミコトは、その真っ直ぐな瞳を上目遣いに見つめ返して、困ったようにこう答えた。

「わからないよ。僕も、こんな気持ちになったの、初めてだから」

その返事に、サイファーはきょとんとしてまばたきをし、それからふにゃりと笑った。

「では、わたしと同じですね」

「そ、そうみたいだね」

いまさらながら、『わからない』と言って答えないこともできたはずだった。

なのに、このときはそれを思いつかなかった。

——でも、これでよかったのかも。

だって、ミコトとサイファーは、どうやら同じ気持ちらしいことが確かめられたのだから。

そうして笑い合っていると、不意に草むらの方向からガサリと物音が聞こえた。


「「——ッ」」

とっさに身構えると、木々の陰からひとりの男が姿を現した。

「ああっと……すまん。邪魔をするつもりはなかったんだが、派手な魔術が見えちまったからだな……いや、なんにも聞いてねえぞ？」

困ったように頭をかく男は、どこか見覚えがある顔に思えた。

だが、そんなことを気に懸《か》ける余裕はなかった。

男の反応から察するに、結構前からミコトたちのやりとりは見られていたようだ。

恐る恐る隣に目を向けてみると、サイファーは頭から湯気でも噴き上がりそうなほど真っ赤になってプルプルと震えていた。目には涙まで浮かんでいる。

「エラー。エラー。エラー。制御不能な〝恥ずかしい〟が発生しています。対象を危険因子と断定。〈テスタメント〉を出力最大で起動。脅威を排除します」

左右に二挺の〈テスタメント〉が紡がれ、ワイバーンを消し炭にした破壊の光が灯る。目をぐるぐる回してガタガタと震えるサイファーが、とにかく気が動転しているらしいことだけはわかった。

「待ってなにやってるの！　人間は攻撃できないんじゃなかったのっ？」

「わたしの生命が明確な危機に陥った場合に限り、自己防衛のためその制限は解除されます。このまま〝恥ずかしい〟が増大すると、わたしは精神を破壊され死に至ります」

「死ぬほど恥ずかしかったのはわかるけど、それで本当に死ぬ人はいないから！」

ミコトはサイファーの腰にしがみついて止めようとするが、〈テスタメント〉は浮遊しているためなんの意味もなさそうだった。

男も自分が殺されそうになっていることに気付いて、悲鳴のような声を上げる。

「わあああああっ待て待て待て！　話が違うぞっ、俺だ！　神官兵のパトリックだ。赤竜が出たときに助けてくれたろうっ？」

言われて、ミコトも気付いた。いまの彼は鎧を脱いでいて、冒険者のようにラフな格好をしている。普段は兜をかぶっているせいで気付かなかった。

サイファーも本当に引き金を引くことはできなかったのだろう。我に返ったように腕を下ろすが、ミコトを振り返った顔はなんだか強張《こわば》っているように見えた。

「マスター。問題が発生しました」

「今度はなに？」

「〈テスタメント〉の出力が臨界です。このまま放置すると爆発します」

見れば、二基の棺からは空間が歪んで見えるほど翠の光があふれ出していた。

「……どうすればいいですか？」

「上！　空に向けて撃って！」

「はい、マスター」

速《すみ》やかに二基の棺は空に向けられ、光の槍を解き放つ。

直後、真夏の太陽のような光が夜の空を照らした。

地上に向けて放っていたら、小さな村くらいは丸ごと消えていそうな力だった。

撃ったサイファーも含めて、そこに居合わせた三人は呆然《ぼうぜん》としてそんな空を眺めることしかできなかった。

破損ファイルIII

corrupt file III

友達が死んだのに、なにも感じなくなったのはいつからだろう。

ご飯を食べても、味がわからなくなったのはいつからだろう。

お腹《なか》に大きな穴が空《あ》いている。

左手も潰れて動かない。

足は両方とも千切《ちぎ》れてどこかにいってしまった。

左目も見えない。物理的に損壊《そんかい》してしまったようだ。

ナノマシンが止血を働きかけてくれているけど、たぶん無駄だろう。もうすぐわたしの機能は停止する。

なのに、痛いとも辛《つら》いとも、怖いとも感じられなかった。

〈セプテントリオ〉が真《ま》っ赤《か》に燃えて落ちていく。

マスターがいるはずの、わたしの帰る場所がなくなる。

こんな空を見て、前のわたしならどんな感情を抱いていたのだろう。

いまはただ、これが最後の戦いになったという事実しか感じられない。

泣けばいいのかな。

それとも喜べばいいのかな。

神さまと戦い続けて、心と体が壊れていって、なのに痛みも辛さも感じなくなっていった。

壊れたところはナノマシンが直してくれる。わたしの存在はもう、ほとんどナノマシンに置き換わってしまって、元からあった部分なんてほとんど残ってない。

もう、自分の考えていることすら人間のものなのか、プログラムなのかわからない。

そんなわたしの代わりに、あの人はいつも泣いてくれたっけ。

でも、それでもたったひとつだけ、ずっと残ってる気持ちがある。

プログラムじゃない、人間だったときの気持ち。

わたしはたぶん、マスターの笑った顔が見たかったんだ。

マスターが笑ってくれると、擦《す》り切《き》れた心が少しだけあったかくなるから。

その気持ちが支《ささ》えてくれたから、わたしはここまで生き残れたんだと思う。

ああ、そうか。

これがたぶん、恋というものだったんだ。

わたしの体はもうほとんど壊れてしまったけど、お願い。もう一度だけ、あと少しだけ動いて。
マスターは、きっとこんなこと命令しない。
そう、これは命令なんかじゃない。
わたしがやりたいと思った、わたしの意思だ。
ごめんなさい、マスター。
わたしの痛みも、辛さも、全部押しつけてしまった。
だからせめて、この最後の力はマスターのために使わせてほしい。
マスターに生きていてほしいから。
それがわたしの存在証明だから。
マスター。もしも、もう一度会うことができたら、そのときはきっと——

第四章　恋する少年少女は月にだって手を伸ばす

Chapter 4

「坊主《ぼうず》ども。大森林に着くぞ。そろそろ準備しとけ」

皇都を脱出してから、三日が過ぎていた。

ミコトたちの前にはいま、ヴァールハイト神皇国南部大森林が広がっている。朝からすでに見えてはいたが、実際に到着するまでさらに馬車で半日を要した。そのことからも、この森林がいかに広大であるかがうかがえる。

馬車を走らせてくれているのは、神官兵のパトリックだった。

「パトリックさん、本当によかったんですか？　僕たちのことを助けたりなんかして。僕たち、デウス教団から指名手配されてるんですよ……？」

神官将ゲアハルト・ハイゼンベルクはミコトたちを指して《厄災《やくさい》》と呼んだ。

その言葉がミコトとサイファーのどちらに――あるいはふたりに対してか――向けられたものかはわからないが、神官騎士団の長《おさ》がそう呼んだのだ。

デウス教団の本部は確かにこのヴァールハイト神皇国だが、デウス教自体は世界中で信仰されているのだ。これは世界そのものから追われる立場になったことを意味する。

それを幇助《ほうじょ》したと知られれば、パトリックもただでは済まないだろう。

なのに彼は、馬車を出してくれただけでなく、道中の村で水や食糧、ミコトたちが持って来損《きそこ》ねた装備などを調達してくれたのだ。彼がいなかったら、ここまでたどり着けたとしても数倍は時間がかかっていただろう。

御者台からパトリックが、いつも通りの気さくな笑顔を返す。

「いいってことよ。そりゃ神官兵って職は給料もよくて気に入ってたが、命の恩人を見捨ててのうのうと生きられるほど、俺は物事を割り切れる性格じゃないんでな」

「パトリックさん……！」

パトリックの俠気《おとこぎ》に思わずミコトも涙ぐんでしまうが、サイファーは相変わらず苦手意識を持っているようで荷物の陰《かげ》に隠れるようにして距離を置いている。

大森林から先は馬車も入ることはできない。

荷物を下ろす準備をしていると、パトリックが御者台から小さな小箱を放り投げてきた。

ちょうど手の平に収まるくらいの大きさである。

「おっと、そうだった。こいつはレオンハルトさんからの餞別《せんべつ》だ。必要になるだろうって言ってたぜ」

「レオンハルトって、ミリアムさんのことですか？　知り合いだったんですか」

「ま、あの人はちょいと特殊な方だからな。俺も野暮用《やぼよう》を申しつけられることがある。ちょうど、今回みたいに〝坊主たちの面倒を見てやってくれ〟とかな」

それでパトリックはミコトたちを追いかけてきたらしい。

——本当に、ミリアムさんには助けられてばかりだな……。

ミコトは嬉しくも申し訳ない気持ちになるが、サイファーは余計に警戒したように後《あと》退《ずさ》っていた。

「これ、開けてもいいですか？」

「当たり前だろう。坊主たちのもんだ」

蓋《ふた》を開けてみて、ミコトは息を呑《の》む。

「これ、キャスターの弾丸じゃないですか！」

それも、四発も入っていた。

パトリックも中身は知らされていなかったようで、ヒュウッと口笛を吹く。

「そいつは豪勢だな。一発くらいくすねときゃよかったぜ」

「ちょっとパトリックさん……？」

「じ、冗談だって！　さすがにあの人の持ちものに手を出すほど俺も馬鹿じゃねえよ」

パトリックへの信頼が一気に揺らいだが、小箱の中にはもうひとつ見慣れないものが入っていた。

「これは……呪符《じゅふ》、の一種ですか？　見たことのない部類ですけど」

精緻《せいち》な呪文が刻まれた金属の板である。

呪符というのは錬金術の道具でも、札の中に魔術を込めたものを指す。形を変えずにそのまま放てるため、魔術の素養がない者でも擬似的《ぎじてき》に魔術を扱えることになる。オリジナルには劣るが、非魔術師からすると夢のような道具である。

銃《キャスター》の簡易版のようなものだ。

ただ、金属の板切れを媒体にした呪符というのは、ミコトも初めて見る。

「呪符じゃなくて聖符《せいふ》ってんだ。そいつがねえと、封印の地に入れないらしい」

「つまり〝鍵〟ってことですか？　ミリアムさん、どうやってこんなものを手に入れたんだろう……」

ミリアムの言葉を思い出した。

──多少、伝手《つて》があるものでね。キミたちが通行できるようにしておくよ──

あのときの言葉はこの〝鍵〟を指していたようだ。

ただ、これは国が厳重に管理しているはずのものだ。謎の多い人物だとは思っていたが、こんなものを持ち出してただで済むはずがない。そもそもどうやって手に入れたのだろう。

「あの人は錬金術師としても大した方らしいからな、案外一から術式を組んじまったのかもしれないぜ？」

パトリックはからかうように言うが、ミコトには冗談に聞こえなくて絶句した。

そこで、サイファーが怖《お》ず怖《お》ずと声を上げる。

「マスター、質問です。魔術と錬金術はなにが違うのですか？」

確かに、サイファーには馴染《なじ》みのない言葉だったはずだ。ミコトも失念していた。

「ごめん、そういえばそうだったね。えっと、簡単に言うと魔術は人の体に宿る魔力を操る力で、錬金術は道具や薬の魔力を操る……って、ところかな？」

「魔力とはどのようなものですか？」

「うーん、僕も魔術師の素質がないから上手く説明できないんだけど……」

ミコトが頭を捻《ひね》ると、パトリックが口を開く。

「魔力ってのは自然界に存在する五番目の物質らしいぜ？　個体、液体、気体、電離気体の先だ。つっても、固体の中にも気体の中にも存在するから、感じられないといまいちピンと来ないだろうけどな」

「あ、そうか。パトリックさん、神官兵だから魔術師としてはエリートなんですよね」

「おうよ！　魔術のことならなんでも聞いてくれ」

気を良くしたように鼻を鳴らすと、パトリックは続ける。

「魔力を知覚できる人間には魔力を操る素質がある。この魔力ってのを代償にして、俺たちは神さまから力を借りてるってわけだ。で、神さまの方も選り好《ごの》みをするから、魔力の質や量の高い者ほど、強い魔術を使えるってわけだ」

ミコトは首を傾《かし》げる。

「それで優劣が決まっちゃうなら、学院ではなにを学ぶんですか？」

「ま、簡単に言えば、神さまのご機嫌を取る方法だわな」

「ご機嫌ですか？」

まさか神官兵からそんな言葉を聞くとは思わず、ミコトは目を丸くした。

「呪文も魔法陣も儀式も、結局のところ神さまに少しでも多く力を貸してくれって交渉する手段なんだよ。上手にご機嫌が取れれば、魔力の低いやつでもそれなりの力を貸してもらえるって寸法さ」

魔力を高める修行などもあるらしいが、そのあたりは基礎体力のトレーニングと同じレベルでの常識的な部分だそうだ。

「ただ、神さまってのは人間の魔力の方が好みらしくってな。自然界の魔力を集めても力を貸しちゃくれねえんだ。だから自然界の魔力を扱う方法として錬金術が存在する」

それから、パトリックはミコトへと視線を向けてくる。

「で、錬金術の方は坊主の方が詳《くわ》しいだろ？」

うなずき返して、ミコトはサイファーに向き直る。

「パトリックさんの話にも出てたけど、魔力っていうのは〝もの〟にも宿ってる。だから〝もの〟に宿った魔力を調合したり抽出《ちゅうしゅつ》したりして、力に変えるのが錬金術なんだ。別に金《きん》に限った話じゃないんだけど、鉛《なまり》を金に変えることで名が知られたから、いままで も錬金術って呼ばれてるんだ」

サイファーは首を傾げる。

「では錬金術の方が汎用性《はんようせい》が高いことになると思います。でも、街ではあまり見かけませんでした」

「それはまあ、そもそも魔術の使えない人間の方が少ないからね……。十人いたら七人は魔術を使えるっていうし、魔術の方が高度な力を扱えたりするから、錬金術は結構マイナーな力だと思うよ」

極《きわ》めれば魔術の方が強力なのだ。たとえば神官兵の代表的な魔術である〈鎖《とざ》す鋼《はがね》〉も極めた人なら一度に十本以上の鎖を紡《つむ》ぐこともできるという。

錬金術だと銃などに一本の鎖を込めて作り、使い手の腕がどれだけ優れていても込めた力が増すようなことはない。

そもそもとして、魔術を使えない者は神に選ばれなかった者ということだ。それゆえに、道具に頼る錬金術は見下されがちでもある。

——だから、余計《よけい》にミリアムさんって謎なんだよなあ。

魔術師のエリートだったはずなのに、錬金術師をやっているのだ。過去になにがあったかは知らないが、これほど矛盾した話もないだろう。

そんなことを話していると、パトリックが真面目な声音でつぶやいた。

「……と、おしゃべりはここまでだ。着いたぜ。大森林に」

街道が途切れ、うっそうとした森林が目の前を塞《ふさ》いでいた。

◇

「悪いが、俺はここまでだ。道中気を付けてな」

大森林の奥へは、道らしきものの痕跡《こんせき》はあるものの、人の接近を拒《こば》むように草木に覆われていた。

馬車の管理もある。馬車が通れる道ではない。

馬車の管理もある。それに、これ以上ミコトたちと行動を共にすれば言い逃れもできなくなるだろう。ここから先は、パトリックはついてくることはできなかった。

「嬢ちゃんも気を付けてな。ま、嬢ちゃんなら魔物が出てもどうってことねえだろうが」

「……感謝します」

そう返しながらも、サイファーはミコトの後ろに隠れてキュッとローブの裾まで摑《つか》む始末だった。

彼女の人見知りは、三日程度で打《う》ち解《と》けられるものではなかったようだ。

――ミリアムさんとはすぐ打ち解けたんだけどなあ。

まあ、男性というもの自体が苦手なのかもしれない。

パトリックは苦笑しながら馬の首を撫《な》でる。

「はは……。ほら、スティーブも挨拶《あいさつ》しとけ。しばらくお別れだからな」

手綱《たづな》を引いてサイファーの方を向かせると、彼女もふらふらとミコトから離れて馬へと近づいた。

「スティーブ。わたしはあなたとの再会を希望します」

名残惜《なごりお》しそうに馬の鼻に額《ひたい》をこすり付けると、馬の方も寂《さび》しげに鼻息をもらした。

やはりサイファーは馬が気に入ったようだ。移動中も、ふさふさと左右に揺れる尻尾に夢中になっていた。それで、パトリックとはろくに会話をする機会もなかったわけでもあるが。

最後に馬からぺろりと顔を舐《な》められ、サイファーは別れを済ませたようだ。

小さな背嚢《はいのう》を背負い、ミコトにうなずく。

「マスター。準備完了しました」

「うん。じゃあ行こう」

ミコトはパトリックに手を振り、森の奥へと足を進めた。

（……悪く思わねえでくれよ、坊主）

背後でそんなつぶやきがもらされたのは、ミコトの耳には届かな――

「マスター。あの男『悪く思わねえでくれよ、坊主』とつぶやきました。危険です」

「「えええええええっ？」」

サイファーがビシッと指をさして、そんなことを言った。

パトリックは尻餅《しりもち》をついて後退る。

「ま、待ってくれ！　違うんだ。別にお前たちを嵌《は》めようとかそういうつもりじゃ」

「マスター。尋問の許可を願います。記憶領域に手段に関するデータがあります。大丈夫です。上手にできます」

サイファーは人間への攻撃は許可されていないが、それは裏を返せば許可さえあればできるということだ。

どうやらサイファーは、単に人見知りだったわけではなく、パトリックのことを警戒していたらしい。

拷問《ごうもん》でも始めそうな少女に、ミコトは慌ててなだめる。

「そ、そこまでしなくて大丈夫だから！」

「ですがこの男は裏切り者です。マスターに危険を与えています」

「だから大丈夫だって……」

苦笑して、ミコトはこう続けた。

「たぶん、パトリックさんは僕たちの居場所を神官騎士団に報告してるだけだよ」

つまるところ、ミコトたちの居場所も行動も神官騎士団には筒抜けだということだ。

ミコトの言葉に、今度こそパトリックは言葉を失った。

「……気付いてたのか」

「まあ、僕の一族は嫌われ者みたいだから、昔からそういうのは結構あって……」

道中の村で毎回姿を消していたのだ。いくらミコトでもわかる。サイファーはもっと怪しんでいたのだろう。だから、ああも近づこうとしなかったのだ。

ミコトはなんでもなさそうに言う。

「報告しないと、パトリックさんは困ったことになるんですよね？　だから、大丈夫ですよ。僕も、わかっててここまで送ってもらったわけですし」

「……お前さん、案外したたかだな」

「ミリアムさんに鍛《きた》えられてますから」

そのとき浮かんだ笑みは、苦笑ではなく誇《ほこ》らしげな微笑《びしょう》だった。

ミコトの不運体質を知っているがゆえに、ミコトがひとりで生きていくために必要なことをたくさん教えてくれた。

本当に、いろんなことを教えてもらったのだ。

キュッと胸を押さえて、問いかける。

「ミリアムさんは無事なんですか？」

「……わからん。俺は向こうの情報は知らされてない。だが、あの人ほどの方がそう簡単に追い詰められたりはしないはずだ」

――パトリックさんがこういう反応するってことは、やっぱり神官騎士団の中でもミリアムさんは立場のある人だったんだろうな……。

ミリアムが何者なのか、気にならないと言えば嘘《うそ》になるが、彼女が言わないということはミコトが知るべきではないことなのだろう。

だから、詮索《せんさく》はしないことにしている。

とはいえ、なにも罰《ばつ》を受けていないわけでもないだろう。

助けに戻りたい。

でも、ミコトたちをここまで進ませるために、あの面倒くさがりの人が体を張ってくれたのだ。

ミコトは頭を振って、別の質問を投げかける。

「じゃあ《厄災》ってなんのことか、わかりますか？」

その問いかけに、パトリックは露骨《ろこつ》に視線を逸《そ》らした。

「…………」

「いや、これは脅《おど》されたって答えられねえからなっ？」

無言でじっと顔を近づけるサイファーを見ても、パトリックは口を割らなかった。

――デウス教が管理してる遺跡で、僕《人型災害》が見つけたわけだから……。

まあ、聖書に語られる《厄災》そのものなんてことはないだろうが、サイファーのことを指していた可能性の方が高い気がする。

もしくはそれを引き起こしたミコトの不運体質を示しているか。

あるいはその両方と考えるのが自然だろう。

――でも、そんなことサイファーの前で言いたくないなあ。

自分が悩むのは別にかまわないが、サイファーにはそんな思いをしてほしくない。

ミコトはサイファーの手を押さえた。

「いいよ、サイファー。パトリックさんにも話せないことはあるよ」

「……はい、マスター」

しぶしぶといった様子で、サイファーも〈テスタメント〉を下ろす。

それを見て、パトリックは意外そうな声をもらす。

「坊主、なんだってお前さんは、そんな顔をしていられるんだ？」

「そんな顔って言うと……？」

「お前さんは能天気なわけじゃない。わかってない顔をしてるだけで、俺のことだって見抜いてた。なのに、なんで恨《うら》み言《ごと》のひとつももらさず、笑っていられるんだ？」

ミコトは苦笑した。

「なんでって言われても、家訓みたいなものなので……」

「家訓だって？」

困ったように、ミコトは頭をかく。

「大した話じゃないですよ？　ただ――うちが不運なのは仕方のないことだから、人を恨むより前を向いて生きよう――祖父は本当にそんなふうに生きた人でしたから」

だから、ミコトも祖父のように生きようと思っただけなのだ。

ただ、祖父の言葉には続きがある。

――我々は短命だ。ならば人のために生き、人の中に生きた証《あかし》を残そう――

ミコトの一族は例外なく不運の中で命を落としている。

でも、自分たちが助けた人間が生きてくれたなら、きっとこの人生には意味がある。

たぶん、ミコトがサイファーを助けようと思った最初の気持ちも、ここから来たものなのだろう。

——でも、いまはちょっと違う気がする。

困っている誰かの力になりたい——それはいまでも変わらないが、サイファーとそれ以外の誰かがいたら、きっとサイファーを助けようとするだろう。

これがいいことなのか悪いことなのかは、自分にもわからない。

でも、サイファーの力になってあげたい……いや、サイファーのことを知りたいと思うこの気持ちは、いままでの自分にはない大きなものだ。

だから、ミコトは立ち上がる。

「じゃあ、行ってきます。パトリックさん」

そう告げると、パトリックはうつむいたまま独り言のようにつぶやいた。

「……皇都にな、美味《うま》いパスタの店ができたんだ。お前、まだ行ったことねえだろ？」

「え？　ええ……」

「今度連れていってやるから、ちゃんと帰ってこいよな」

その言葉に、ミコトは自然と笑い返すことができた。

「はい！」

それから、サイファーに向き直る。

「行こう、サイファー」

「はい、マスター」

朱に染まった空の下、ミコトとサイファーは大森林の奥へと進んでいった。

◇

「マスター。白くてふさふさしたものが動いています。これは生き物ですか？」

「あ、それがケサランパサランだよ。僕も実物は初めて見るけど」

「ケサランパサラン＝可愛《かわい》い。情報をアップデートしました」

決意を確かめて森の中に入ったというのに、サイファーはやはり見たことのないものを見つけてはフラフラと吸い寄せられていた。

「マスター、木の枝が落ちてきました」

「いつもありがとうね！」

それでいて、ミコトの上に大きな木の枝が落ちてきたりすると、受け止めてくれるのだから強くも言えない。

いまサイファーが見つけたのは、まっ白《しろ》な綿毛のようなものだ。目もなければ触角もなく、臓腑《ぞうふ》があるのかすらわかっていない謎の生物である。単細胞生物の一種なのかもしれないが、代謝反応があるので生物に分類されてはいる。

「サイファーは運がいいね。ケサランパサランは滅多《めった》に人前に姿を現さないんだ」

大森林とはいえ、そうそうお目にかかれるものではないだろう。封印の地が近いおかげかもしれない。

「水気を嫌うから、乾《かん》パンとかなら食べるらしいよ。……あげてみる？」

「あげてみたいです、マスター」

ビスケット状に加工された乾パンをひと粒渡すと、サイファーはそれを手の平に乗せて近づける。

「ああ、それじゃあ食べないと思うよ。こうやるんだ」

ミコトが毛玉の上に乾パンを置くと、乾パンは体毛に飲まれるようにして消えていった。

「マスター。乾パンが飲み込まれました」

「ケサランパサランってこうやって食べるんだって」

「わたしもやってみます」

そっと乾パンを乗せると、やはりじわじわと沈《しず》んで見えなくなる。

サイファーはそんな白い毛玉を恐る恐る手の平に乗せてみる。

「マスター。ほわほわしています。それにあったかいです」

「よかったね。というか体温とかあるんだ……」

それから、サイファーは不意に神妙な表情をする。

「生体構造をスキャン。アミノ酸が感知できません。該当基盤《がいとうきばん》に珪素《けいそ》による結晶構造を確認。マスター、これは……なんですか？」

「えっと……？　ごめん、なにを聞かれたの？」

サイファーは不思議なものを見たように首を傾げる。

「生物の細胞はアミノ酸による遺伝子構造を有しています。ですが、このケサランパサランからはそのアミノ酸が感知できません」

「え、じゃあ生き物じゃないってこと？」

「不明です。アミノ酸の代わりに珪素結晶が遺伝子と類似《るいじ》した構造体を作り、生命反応と酷似《こくじ》した反応を起こしています」

「よくわからないけど、そういう生き物がいたらおかしいの？」

サイファー自身もよくわかっていないのか、また首を傾げる。

「珪素由来の生命は地球上に存在しません。存在するならば地球外生命に由来する可能性が高い模様です」

「チキュウガイセイメイって？」

「宇宙から来た生命です」

ミコトは愕然《がくぜん》として口を開いた。

「う、宇宙って、星の海のことだよね？　ケサランパサランって、空から降ってきた生き物ってこと？」

「不明ですが、その可能性があります」

予期せぬ真実に、ミコトはこれをどう受け止めればいいかわからなかった。

――ミリアムさんが喜びそうな話だけど。

まあ、彼女へのよい土産話ができたと考えよう。

そんなケサランパサランだが、独りでに浮かび上がるとサイファーの手から離れていってしまう。

それを名残惜しそうに視線で見送っていると、いつの間にか周囲に他の毛玉がふわふわと浮かんでいた。

「マスター。ケサランパサランの群れを確認しました」

餌《えさ》をくれると思われたのか、サイファーの周りにわらわらと白い毛玉がまとわりついていた。

謎の生物だが、サイファーは気に入ったらしい。

「マスター。もっと乾パンをあげてみたいです」

「……僕たちのご飯でもあるって忘れないでね？」

この期待のこもった瞳《ひとみ》を見たらダメとも言えず、ミコトはいくつかの乾パンを取り出してサイファーの手に乗せた。

「よく噛《か》んで食べてください」

「ケサランパサランって噛むのかな……」

首を傾げながらも、サイファーが満足そうなのでミコトも目を細めて見守った。

「チキュウガイセイメイってやつも、ひとりぼっちじゃないみたいだ。よかったね」

何気なくミコトがそう言うと、サイファーがふと思い出したように口を開く。

「珪素由来の擬似《ぎじ》生命――該当データあり」

「え、他にもいるの？」

思わず声を上げると、サイファーは呆然《ぼうぜん》としたようにこうつぶやいた。

「ナノマシンは極小サイズの擬似珪素生命です」

ミコトは目を見開いた。

「それって……」

「はい。わたしとケサランパサランは親戚だったようです。わたしがケサランパサランなのは必然だったようです。急速に自己肯定感がこみ上げてきました」

「違うそうじゃない」

「はい？」

サイファーは特に疑問を抱いていないようで、また不思議そうに首を傾げるばかりだった。

——ナノマシンが生物ってことは、ケサランパサランや結晶蝶《けっしょうちょう》は、なにかの理由で野性化したナノマシン……なんてことも、あるんじゃないか？

どうやらミリアムの予想は正しかったのかもしれない。

やがて乾パンがなくなると、白い毛玉も解散していってしまう。

「嗚呼《ああ》、行ってしまいます」

「待ってサイファー。僕たちの進行方向はそっちじゃないよっ？」

去っていく毛玉を追って、サイファーもふらふらと付いていってしまう。

——そろそろ野営の準備をした方がいいんだけど……。

毛玉に心を奪われたサイファーには、ミコトの声も届いていないようだった。

そうして数分ほど追いかけっこをしていると、不意に拓《ひら》けた場所に出た。

「ここは、湖……？」

水気を嫌うケサランパサランは、水場には近づかないはずなのだが、白い毛玉はサイファーを出迎えるようにふわふわと浮かんでいた。

ミコトは苦笑して荷物を下ろす。

「サイファー、今日はここで野営しようか」

「はい、マスター」

テントを引っ張りだしながら、ミコトは言う。

「ケサランパサランに感謝しないとね。そういえばケサランパサランを見た人には幸運が訪れるって話があるんだ。この子たちが案内してくれたここなら、安全なんじゃないかな？」

「はい。ケサランパサランは良い子たちです」


野営中の食事は、交代交代で作ることにしていた。今日はミコトが作る番だ。水場を得られたので、携帯食糧を湯で溶いたスープを作ることができた。

「どうぞ、サイファー」

「ありがとうございます、マスター」

正直、すでにサイファーの方が料理は上手《うま》くなっている気がするが、彼女はミコトが作ったご飯も美味《おい》しそうに食べてくれる。

――料理も、もっと上手になりたいな！

サイファーにはもっと美味しいものを食べさせてあげたいのだ。

……デウス教団から指名手配されている現状、それすらも難しいかもしれないが。

空を見上げると、満月から欠け始めた月が浮かんでいた。

そんな月を見上げるサイファーは、どこか物憂《ものう》げに見える。

――やっぱり、不安なのかな……。

サイファーの隣に座り直して、ミコトはつぶやく。

「月、綺麗《きれい》だね」

「はい。綺麗です」

なんだろう。ただの感想を口にしただけのはずなのに、無性に恥ずかしいことを言ったような気分になってきた。

――そういえば、サイファーとふたりっきりの夜なんて初めてじゃないか？

皇都ではミリアムの屋敷で厄介になっていたし、皇都を脱出してからはパトリックがいっしょだった。

形容しがたい気恥ずかしさに悶《もだ》えていると、サイファーがぽつりと独り言のようにつぶやいた。

「復元データによると、前にもわたしはこんなふうに空を見上げていたようです」

そう言って、月に手を伸ばす。

「そのときのわたしは、間に合ったのでしょうか……」

サイファーの表情は、いまにも泣き出しそうに見えた。

それでいて、その泣き方がわからないようでもあった。

――もしかして、サイファーは昔のことを結構思い出してたりするのかな？

日記のようなデータだと言っていたから、ミコトに話しにくいだけで他にもなにかを思い出しているのかもしれない。

でも、どんな記憶を思い出せたとしても、それは三百年も昔のことなのだ。

この時代には、痕跡《こんせき》すら見つけることはできないだろう。

三日前の満月の夜を思い返す。

『マスター。質問があります。〝恋〟とはなんでしょうか？』

そんなサイファーが気に懸《か》けたのは、恋なんていう形のないものだった。

あのときは、突拍子もない質問にうろたえることしかできなかったが、あれもサイファーにとっては大切な記憶に関わる質問だったのではないだろうか。

――僕は、サイファーになにをしてあげられるんだろう。

その答えは、まだわからない。

だから、代わりにミコトは隣に寄り添って語りかける。

「そういえばさ、サイファーはなんで月の光から力を回復できるの？　妖精の仲間だったりするの？」

　それはそれで恥ずかしいことを言ったような気がしてまた顔を覆いたくなるが、サイファーは真面目な顔で首を横に振った。

「月光から回復しているのではありません。〈オルクス〉にはエネルギー製造施設が存在し、そこから直接照射を受けて回復しています。本来は静止衛星を中継することにより常時供給可能でしたが、現在は月が出ているときに制限されます」

　――セイシエイセイってなんだろう……。

　サイファーは丁寧に説明してくれたのだろうが、やはり聞き慣れない単語が多くてミコトにはよくわからなかった。

「……？　そういえば、そもそもその〈オルクス〉ってどういうものなの？」

「〈オルクス〉は人類によって月面に建設された基地です。本来は人類を移住させるために計画された施設だったようです」

　なんだかとんでもない事実を聞かされたような気がして、ミコトは頭を押さえた。

「えっと……？　それって、人間が月に住もうとしてた……ってことになるの？」

「はい」

「人間って月に行けるのっ？」

「現在では不明ですが、当時の技術では可能だったようです」

ミコトは信じられないものを見るように月を見上げる。

——人間があそこに行って、基地なんて作ってたの？

それから、ハッとしてサイファーに向き直る。

「じ、じゃあ、いまも月に住んでる人がいるってこと？」

「施設の稼働状況から鑑《かんが》みると、その可能性は低いように思えます」

「そ、そうか……。三百年も経《た》ってるし、仕方ないよね」

月に人がいたとしても、厄災戦争と無縁だったとは思えない。

——でも、どんなところなんだろうな……。

三百年前の人々は、そんな夢さえも手にできるほど力を持っていたのだ。魔術がもっと進歩したら、いつか月にも届くのだろうか。

「いつか、ふたりで月に行ってみたいね」

自然と口を突いて出た言葉にサイファーは驚いたように目を見開き、それからなんだか満足そうに微笑《ほほえ》んだ。

「……はい、マスター」

それから、遠慮がちにミコトの手に細い指先を重ねる。

ミコトは思わずビクッと肩を震わせてしまうが、それからそんな少女の指に人差し指を絡め返した。

指一本触れるだけなのに、ずいぶんと勇気を必要とした。

ちらりと隣に目を向けてみると、サイファーも同じように恐る恐る見つめてきていて、視線と視線がぶつかった。

「は、はは……」

「……ふふ」

どちらからともなく、困ったような笑い声がこぼれる。

心臓がトクトクと速くなっていくが、いまはなんだかそれが心地よかった。

――きっと、いっしょに……。

月が木々の向こうに隠れて見えなくなるまで、ふたりはずっとそうしていた。

◇

そのころ。皇都アルタール。

「……キミ、ずいぶんと城内が静かなようだが、なにかあったのかね？」

ミリアムは牢番《ろうばん》に問いかけていた。

そこは王城最深部にある〈封牢《ふうろう》〉と呼ばれる牢だった。壁や天井は蠢《うごめ》く鎖でできていて、迂闊《うかつ》に触れようものなら即座に飲み込まれることになる。

地中深くという単純な堅牢《けんろう》さに加え、神官兵百人がかりで紡いだ〈鎖す鋼〉によって覆われている。この中で魔術を使うことは不可能で、物理的にも魔術的にも外界から隔《かく》離《り》された空間だった。

唯一の出入り口である鉄柵は選りすぐりの神官騎士二名によって守られており、人間は疎《おろ》かいかなる魔獣、成竜ですら脱出不可能な牢である。

——うら若い乙女ひとりにずいぶんと念の入った拘束だ。

とはいえ〈封牢〉の中は存外に居心地の悪い場所でもなかった。

腰掛ければ身が沈むようなソファは、明らかにミリアムの自宅のものより上等だ。品のある美しいテーブルには紅茶の注《そそ》がれたティーセットが並べられ、食事も健康を考慮したバランスのよいものが提供されている。

もしかしなくても、自堕落な生活を送っている自宅よりもよほど快適である。

囚人どころか、これは国賓《こくひん》クラスの賓客《ひんきゃく》扱《あつか》いだった。

ミリアムに声をかけられ、牢番のふたりはびくりと身を震わせる。

「申し訳ありません！　お答えできません！」

「……やれやれ。そんなに怯《おび》えないでくれたまえ。いまの私にできることと言えば、紅茶のおかわりをねだるのが関の山だよ？」

「……紅茶、お持ちしましょうか？」

「できれば煙草《たばこ》の方が好ましいね」

「申し訳ありません。可燃物の持ち込みには応じられません」

「なら仕方がない。紅茶を頼もうか」

牢番の片方が素早く紅茶を用意してくれた。

「ふむ。よい香りだ。キミ、なかなかよい家政夫になれるよ。職を失ったらうちで働いてみないかね？」

「恐縮であります！」

反射的にそう答えるも、神官騎士は褒められたのかなんなのかよくわからなかったようだ。首を傾げている。

「まあいい。とにかく暇《ひま》なのだよ。こんなところに拘束されて二日……いや、三日だろうか。キミたち、わかるかね？」

「え？　三日になります」

「そうか。三日も経っているのか。陽《ひ》の光も届かないと、時間の感覚も曖昧《あいまい》になるものだね」

いかにも途方《とほう》に暮《く》れたように、ミリアムは相づちを打つ。

――そろそろ少年たちも封印の地に着くころだね。であれば、ゲアハルトも出陣したわけか。

城内が静かなのは、それだけ兵が出払っているからだろう。

ミコトたちの引率《いんそつ》に向かわせたパトリックは、もともとゲアハルトの部下だ。彼らの行動は全て把握されている。

――ゲアハルトは封印の地で勝負をかけるつもりのようだね。

頼みの綱だったはずの二頭の竜は、赤竜は討たれ、青竜はいまもミリアムの拘束下にある。いかに神官将と言えど、これだけ戦力を失えばすぐには動けない。

ミリアムが投獄される直前にわざわざ青竜を抑えに向かったのは、こちらの狙いが大きかった。

そのはずなのだが、彼は討伐を強行するつもりのようだ。

――なにか、私の知らない切り札を用意しているな。

ゲアハルトは神官将の中でも、最もデウス教団の中枢に近い男だ。

厄災戦争を探って、閑職に回されたミリアムの知らない情報を持っていても、おかしくはない。

「……さて、どうしたものか」

「あの、よろしければなにか本でも持って参りましょうか？」

ミリアムの独り言を退屈からの言葉と見たのか、牢番がそんなことを言う。

「ふむ。せっかくの気遣いだが、いまはいいよ。少し考え事をしているからね」

「はっ！」

実直な騎士たちは、ミリアムから見ても好ましく思えてしまえるものだった。

――それが狙いで彼らを置いているのだろうね。嫌らしい手を使う。

ミリアムが余計なことをしようとすると、牢番である彼らが不利益を被《こうむ》る。脱出できたとしても、彼らを始末しなければ通ることはできない。つまり彼らの役目はミリアムを見張ることではなく、足枷《あしかせ》なのだ。

とはいえ、ミリアムの予期せぬ手があるなら、ミコトたちの身が危ない。

彼らならふたりだけでも答えを見つけるとは信じているが、理屈通りには進まないのが世の中というものだ。

しばらくうなっていると、いつの間にかカップが空になっていた。

「……ふむ、そうだね。これは黙って待っている方が、ストレスが溜《た》まるというものかもしれないね」

「……？　紅茶のおかわりをお持ちしましょうか？」

ミリアムの独り言が聞こえたらしい。また牢番の騎士たちが声をかけてくれるが、ミリアムは首を横に振った。

「いや、結構だよ。キミたちも忙しくなるだろうからね」

「はい……？」

牢番たちが首を傾げるのを横目に、ミリアムはぱちんと指を鳴らす。

『グルアアアアァァァァアアアアァッァッ！』

直後、頭上から雷鳴のような咆哮《ほうこう》が響いた。

「なっ、なにごとだ？」

「ふむ……？　この鳴き声は、竜のものではないかな。キミ、先日私が抑えた青竜がどうなったのかは知らないかね？」

「それは……っ、恐らく、庭園に拘束されたままかと」

「嗚呼《ああ》……。それはいけないな。私はここで魔術も使えぬ身だ。この状態で三日も経てば、私のかけた〈鎖す鋼〉が解けた可能性がある」

「ゲアハルトも拘束はしただろうが、それで抑えきれなかったから赤竜は暴走したのだ。

「「……ッ」」

実直な神官騎士二名は息を呑む。

当然のことながら、いまのはミリアムが〈鎖す鋼〉を解いたがゆえの咆哮である。解くときに何枚か鱗《うろこ》を引っぺがしたので、怒り狂っていることだろう。

ミリアムは、いかにも気を遣うように牢番へと語りかける。

「キミたち、城内に残る戦力で竜を止められるかね？」

「それは……」

ゲアハルトが《厄災》討伐に兵を率いているのだ。竜をどうこうできる戦力が残っているわけがない。

ミリアムはまるで愛国心があふれ出したかのように真面目な表情で口を開いた。

「……わかった。私が出向こう」

「──ッ、いけません！　それに、そもそも我々にはあなたをここから出す手段を持っていないのです」

それはあのゲアハルトが、自分の目の届かないところに鍵など置いておきはしないだろう。

なのだが、ミリアムは首を横に振って言う。

「キミたち、離れていたまえ。危ないからね」

ミリアムは鉄柵に手をかける。

「まさか、力尽くで破られるおつもりですか！〈封牢〉に取り込まれますよ！」

うろたえる神官騎士たちに、ミリアムは悲壮な微笑を返す。

──まあ、そもそもこれを設計したのは私だからね。

ミリアムは自分の素行の悪さを自覚している。いつかここにぶち込まれるだろうことは想像に難《かた》くなかったので、〈封牢〉が自分には機能しないように細工を施してあった。

軽く外れるはずの鉄柵をいかにも死力を振り絞ったように外すと、ミリアムはがっくりと膝を突いてみせる。

「レオンハルト閣下！」

「……やめたまえ。私に手を差し伸べると、キミたちは罪に問われる」

そう言って牢番たちを制止すると、弱々しく微笑んでみせる。

「ただ、ここは通してもらうよ。キミたちが淹《い》れてくれた紅茶の分くらいは、報《むく》いたい」

「「ははっ！」」

実直な騎士たちは目に涙まで浮かべて敬礼を返した。

――だから人付き合いは面倒で嫌いなのだよ。

いつでも出られる〈封牢〉から外出するのに、こんな小芝居が必要になるとは。

その後、ミリアムはすでに調伏《ちようぶく》済《ず》みの青竜に跨《また》がり、堂々と皇都を脱出するのだった。

――いまから間に合うかは、疑問だがね……。

南の大森林へは馬の足で三日。果たして竜の翼はどれくらい速いだろうか。

「大丈夫、サイファー？　飛べそう？」

◇

翌日。ミコトとサイファーの前には巨大な城壁がそびえ立っていた。

時刻は昼を回ってはいるものの、道もない森の中を進んだにしてはずいぶんと早い到着だと言える。

高さは十メートル以上はあるだろう。道なき森林の奥にどうやってこんなものを建設したのか、長大な壁が左右へどこまでも続いている。

──いや、道がなくなるくらい長い間、封印されてるってことなのかも。

城壁の表面にはツタや苔《こけ》が生《お》い茂《しげ》っていて、相当昔のものであることがわかる。

壁伝いに歩けば門もあるらしいが、そちらには当然門番がいる。城壁の上にも神官兵が巡回していて、近づけばすぐさま拘束されることになるだろう。

そんな壁を前に、ミコトたちが選んだ手段はサイファーの飛行能力で城壁を飛び越える、ということだった。

──結晶蝶の翅《つばさ》は、あまり速くは飛べない。

だから、高度を取ってから一気に飛び越えるのだ。

ただ、ここで問題なのが、ふたり分の荷物である。

封印の地の中がどうなっているかわからない以上、食糧を含めた装備を置いていくわけにはいかない。ふたり分の荷物を合わせると三十キロを超える。ミコトもサイファーも小柄な人間ではあるが、それも三人分となれば飛行に影響もあるだろう。

サイファーは長い髪を後ろで持ち上げると、はっきりとうなずいた。

「問題ありません、マスター。わたしとマスターの体重に荷物が増えても、大人ふたり分にも足りません」

「え、そうなの？　そっか……サイファー、体重軽いんだね」

「……訂正します。重量は不明です。計測できません」

白い頬をほのかに赤く染めて、サイファーが視線を逸らした。どうやら体重の話は恥ずかしかったらしい。

「ご、ごめんね！」

「いえ。――〈スクアーマ〉を精製。続けて〈ゼフィラム〉を起動します」

サイファーの衣服が制服から強化戦闘服に換装され、その背から結晶蝶の翅が突き出す。

ちなみに皇都を脱出してから、サイファーも体力作りを続けてはいるのだが、あまり成果は見えていない。

ミコトは自分の背嚢を背中に、サイファーの背嚢を前に抱えている。サイファーは、その背中と背嚢の間に両手を入れて抱え込む。

「飛びます、マスター」

「お願い、サイファー」

サイファーの背中で、蝶の翅が大きく羽ばたいた。

息が詰まるような加速とともに、体が地面から離れるのがわかった。

思わず目を瞑《つむ》ってしまうと、蒸《む》しっとした森の空気が、ひんやりとした風に塗り替えられる。乾いた風を吸って、喉がチクリと痛む。

小さな耳鳴りに顔をしかめ、それから目を開くと——景色は一変していた。

自分たちを取り囲み、見上げるしかできなかった緑が、いまは絨毯《じゅうたん》のように足元に広がっている。

「すごい、本当に飛べた！」

「はい、マスター。わたしはお役に立ってます」

得意げにそう言うと、足元へと過ぎ去った木々がさらに小さくなっていく。

あの高い城壁さえも、おもちゃの模型みたいに小さくなっていた。

「「…………っ」」

壁の向こうを見て、ミコトとサイファーは言葉を失うことになる。

壁から上は透き通ったドーム状の膜のようなもので覆われていて、結界が張られているのがわかる。それを通過するために〝聖符〟が必要なのだろう。

それは圧巻ではあったが、問題はその向こうである。


壁の向こうには、苔むした白い塔がいくつも並んでいた。


それまで広がっていた緑はなかった。

ミコトが見てきたような瓦礫《がれき》の山ではない。ひとつひとつがどれくらいの大きさなのだろう。壁と比較すれば何十メートルもあるだろうことはわかる。

そんな塔が、森の木々のような密度で立ち並んでいる。

よく見てみれば、どれも崩れていたり折れていたり、無事に見えるものも貝塚のように歪《いびつ》で、いまの建物とは似ても似つかない。屋根にも瓦はなくて、のっぺりとした四角形の平面だった。

「すごい……。これ、三百年前の街なの？」

「はい。当時の建造物がそのまま残っているようです」

なるほど、三百年前の歴史を禁忌のように扱うデウス教団にとっては、確かに封印すべき地だった。

「サイファーも、こういうところで暮らしてたのかな……」

「……わかりません。でも、その可能性は高いと思われます」

ここに、サイファーが知りたいと願った〃名前〃の手がかりがあるのだろうか。

白い街並みを見つめて、ミコトは声を上げた。

「……っ、サイファー、あれ！」

片手で前の荷物を押さえながら、ミコトは白い街の一角を指差す。

その周辺は塔も根こそぎ薙《な》ぎ払《はら》われ、拓けた場所になっている。その中心に、繭《まゆ》のような奇妙なものが埋まっているのが見えた。

――あれが、星が落ちた場所なのかな……？

考えてみると、ミコトは〈セプテントリオ〉と呼ばれるそれがどんな形のものなのか知らなかった。

もっとも、封印の地がこんな場所だということもまったく想像しなかったのだ。聞いてもわからなかった気がするが。

サイファーもうなずく。

「あそこに降りてみます」

サイファーが急降下すると、ドーム状の障壁が迫ってくる。

そこに、ミコトは〃聖符〃を突き出す。

金属の札が淡く輝いたと思ったときには、障壁に人ひとりが優に通れる穴が空いていた。

障壁とともに防壁は後ろに過ぎ去り、白い塔たちも飛び越えて繭の近くへと降りていった。

◇

「お、大きいね……」

間近で見てみたそれは、繭などではなかった。

動物の肋骨《ろっこつ》のような骨組みが空に向かって延《の》び、そこに風化した石膏《せっこう》のような外殻《がいかく》が貼り付いている。それもあちこちに穴が空いて崩れており、衝撃を与えれば崩壊してしまいそうだ。

空から落ちたという話だが、地表に見えているのはほんの表層で、本体は地中深くまで埋もれてしまっているのがわかる。

「これは、なにでできてるんだろう……？　というか、どういうものだったんだろう」

「中核装甲及び骨格はセラミック、チタン合金などで構成されています。本来備わっていたはずの兵装、外部装甲及び防衛パネルは消失。付近に残骸《ざんがい》を確認できません」

「ここにあるのは、中身だけ……みたいな感じ？」

「はい。墜落時にメインフレームのみを射出、待避させたものと考えられます」

ここから先はなにがあるかわからない。うなずくサイファーは蝶の翅こそ消しているものの〈スクアーマ〉をまとった姿だった。

――慣れたつもりだったけど、やっぱり直視できない……！

体の線が直接的に浮かび上がってしまっているのが問題な気がする。また祖父のローブを貸すべきだろうかと懊悩《おうのう》していると、サイファーはさらに言葉を続ける。

「データによると〈セプテントリオ〉は当時世界最大の超並列処理コンピューターだった模様です。〈セプテントリオ〉から演算バックアップを受けることにより〈プエラ・エクスマキナ〉はナノマシンを最大効率で稼働できました」

「うーんと、デウス教にたとえると、常に神さまの祝福とか加護を与えてもらえるような状態？」

「恐らくその解釈が妥当と思われます。この施設は本来、単独で衛星軌道から大気圏内への運行を可能とし、世界的な制空権を奪取する目的で建設された兵器で、〈セプテントリオ〉はその兵器の名となるはずでした」

「せ、世界征服とかできそうだね……」

「設計者がそれを目的としていた可能性は否定できません」

「……そこは否定してほしかったなあ」

どうやら存在してはいけないものだったらしい。

──でも、そんな力があったのに、勝てなかったのか。

撃墜され、いまはわずかな残骸を残すだけだ。

ミコトがうなっていると、サイファーは淡々と語る。

「それが神性生物との戦争開始により仕様変更。〈プエラ・エクスマキナ〉の演算装置及び移動拠点として運用されることになりました」

「ふうん……って、あれ？　ということは、サイファーはここで暮らしてたの？」

「そのようです」

言わば彼女の故郷である。

それがこんな廃墟《はいきょ》となっていることに、ミコトは胸が痛む思いだった。

サイファーを見てみると、憤《いきどお》っているというより不安そうに見えた。キュッと握った手が小さく震えている。

ミコトは、その手をそっと握ってやった。

「だ、大丈夫！　僕もいっしょだから。だから、行こう？」

「……！　はい、マスター」

自分がいたところで大した役には立たないだろうが、サイファーは花が開くように微笑んでくれた。

そうして一歩を踏み出したところで、ズボッと足が沈んだ。

「うわっ、地面が――っ？」

どうやら足場が脆《もろ》くなっているようだ。

悲鳴を上げるが、そのときにはすでにサイファーが繋《つな》いだ手を引いていた。ミコトの体がふわりと浮いて、そのままくるりと上を向かされる。視界がぐるりと回ったと思ったときには、残った腕に抱き留められていた。

まばたきをしていると、サイファーから凛々《りり》しく見つめられてしまう。

「大丈夫ですか、マスター」

「ひゃい、ありがとう……」

ミコトを覗《のぞ》き込《こ》むその顔は、西陽に照らされキラキラと輝いている。

力強くも優しく抱き留められたミコトは、姫のように顔を赤らめることしかできなかった。

〝僕もいっしょだから〟とか言った直後にこの様《ざま》である。穴があったら……目の前にあるので、穴の中へと転がり込みたい気分だった。

まあ、先日のように竜なんかに襲来されることを考えたら、これくらいの不運でガス抜きがあった方が遥《はる》かにマシだろう。

なんとか自分の足で立ち、気を取り直すように頭を振ると、その足元からふわりと淡い光があふれた。

「え……。これ、結晶蝶？」

それは、ガラスでできたように透き通った蝶だった。

サイファーの翅と同じ、結晶の破片《はへん》を貼り合わせたような歪な翅で、ひらひらと宙を舞う。青みがかった鱗粉《りんぷん》が火の粉のように輝いて落ちていく。

どうやらミコトは結晶蝶の巣でも踏み破ってしまったらしい。

そんな不可思議な蝶が、何十何百という数で現れていた。

封印の地は結晶蝶の群生地——そうは聞いていたが、まさかこんな群れを見ることができるとは。

「綺麗だね……」

「わたしの翅と同じですね」

「うん。だから綺麗だなって」

「〜〜っ」

結晶蝶に見蕩《みと》れながら肯定すると、サイファーがなにやらうろたえたように片手で顔を覆った。

「どうしたの？」

「〝恥ずかしい〟と共に心拍数が上昇しました」

「へ……あっ、その、違くて……いや、違わないんだけど！」

〝どっちなの？〟という顔で向き直ると、サイファーは頬を紅潮させたまま真剣な表情で問いかける。

「マスター。わたしはこれを重要な問題と認識します。回答は明確に願います」

「えええっ、いやでも……」

なぜいま、自分は窮地に立たされた気持ちになっているのだろう。しばらく右往左往して、ミコトは観念したようにこう答えた。

「その、綺麗だよ？　サイファーは」

ふにゃりと、サイファーの顔がゆるんだ。

「……っ」

視線に気付いてか、サイファーは慌てて顔を覆う。

「表情筋に致命的なエラーが発生しています。マスター、どうか見ないでください」

「わ、笑った顔は変なんかじゃないから大丈夫だって！」

「わたしの精神が破壊される可能性が極めて高いです」

——サイファーって恥ずかしがり屋だよな……。

まあ、数日前に初めて羞恥心《しゅうちしん》を知ったばかりなのだ。しばらくは仕方がないかもしれない。

サイファーが落ち着くまで数分のときを要したが、ミコトたちはこの先に進まなければならないのだ。

もう一度ギュッと手を握って、ふたりは奥へと進む。

◇

「ここは、お墓……なの？」

〈セプテントリオ〉内部に足を踏み入れて、ミコトがまず抱いた感想はそれだった。

中に仕切りはなく、ひたすら広い空間になっている。

空から落ちたという話だが、存外に建物としての状態が保たれていた。斜《なな》めに傾いてはいるが床も床として機能している。ところどころ抜け落ちているところもあるが、歩いたくらいで崩れはしないだろう。

崩れた天井の隙間から陽の光が射《さ》し込《こ》んでおり、〈灯《あか》り石《いし》〉のような道具がなくとも中の様子はぼんやりとうかがえる。

ただ、そこに並んでいたのは無数の石碑《せきひ》だった。

人ひとりがようやく通れる程度の隙間を空けて、規則正しく並べられている。その数は数千か、万を超えるかもしれない。

ミコトのつぶやきに、サイファーは首を横に振る。

「ここはコンピュータールームのようです。ここに並んでいるものひとつひとつが高性能なコンピューターで、それを並列起動することで膨大な処理が行えます」

「まだ、動くの……？」

「不明です。動力を稼働できれば、機能する可能性はあります」

「その動力っていうのは、ここにあるの？」

「はい」

サイファーは地面の下を指差す。

「この地下三十メートルに存在します。残っていれば、ですが」

「……うん。じゃあ、行ってみよう」

サイファーは石碑の合間を進んでいく。さすがに並んで歩く広さはないので後ろをついていくと、足を進めるたびに銀色の髪がしゃらしゃらと揺れた。

その背中についていくと、ほどなくしてひとつの扉に行き着いた。

扉は小さく開いていて、潜《くぐ》ることができそうだが、その先に床はなかった。

「階段……ってわけじゃなさそうだね。床が崩れちゃったのかな」

「……いえ、これはエレベータです。上下階への移動が可能な設備だったのですが」

動力がないのでは、ここも動かないだろう。

──でも、伝って降りることはできそうだな。

サイファーもそのつもりでここに来たのだろう。

ただ、それにしてはサイファーの表情は浮かないものに見えた。

「どうかしたの？」

「何者かがここを使った形跡があります」

言われてミコトも覗き込んでみると、扉の向こうは縦穴になっていた。下の階層まで続いているのがわかる。

ただ、この狭さでは、サイファーも翅を広げられない。降りるなら、ロープかなにかを伝う必要があるだろう。

そこに、なるほど床に古びたロープのようなものが残されていた。

先端はすでに千切《ちぎ》れてなくなっているが、これを伝って誰かが下に降りようとしたのは間違いないだろう。

「本当だ。僕たちより前に、ここに来た人がいたみたいだね」

「はい」

ここはデウス教団によって封印された地である。来たとすれば、そのデウス教団の調査団などだろうか。

――じゃあ、有益なものは持ち出されてるか、壊されてるかも……。

それでも、なにか残されているかもしれないと思ってここに来たのだ。

ミコトは頭を振って、荷物からロープを取り出す。

「行こう、サイファー。きっとなにか手がかりがあるよ」

「はい、マスター」

緊張したように、サイファーはうなずいた。

石碑のひとつにロープを固定し、まずはミコトから先に降りる。

「マスター、いかなる危険が発生するか想定できません。わたしが先に降りた方がいいと思います」

「ううん。だから僕が行くよ。遺跡でのトラブルなら、僕の方が慣れてるから」

身体能力なら〈スクアーマ〉をまとったサイファーの方が圧倒的なのは確かめるまでもない。だが、遺跡調査でものを言うのは知識と経験だ。ミコトが先に降りて、安全なルートを構築する必要がある。

それから、サイファーにもう一本ロープを差し出す。

「もしもロープが切れちゃったらこれを使って。たぶんこっちは切れないと思うから」

「マスター。安全なロープを使ってください」

「いや、どっちも同じロープだってば」

二本とも新品で頑丈《がんじょう》なロープではあるが、それでもなぜか千切れたりするのがミコトの体質である。

サイファーが途端《とたん》に不安そうな顔をするが、ミコトはなんでもないと首を横に振る。

「まあ、見ててよ」

サイファーにはいつも助けてもらっているのだ。

たまには頼りになるというところも見せてやりたい。……まあ、現実に可能かはともかく、そういう気持ちを抱くのは自由だろう。

縦穴の中には、等間隔《とうかんかく》につなぎ目のような段差があった。足場にちょうどいいので、それを頼りに平坦な壁に太い杭《くい》を打っていく。

こうすることで、ロープが千切れても杭で止まることができるのだ。よくよく不運に見舞われるミコトにとっては、欠かすことのできない処置である。

単純に降りるだけならこうした作業も必要ないのだが、帰るときはまたここを登らなければいけなくなる。そのとき、この杭は大きな助けになる。

――まあ、それでも落ちるときは落ちるんだけど。

一度など、丁寧に打ったはずの杭がどういうわけか十本ばかりまとめて抜けて転落したことがあった。

サイファーをそんな目に遭わせるわけにはいかないので、普段よりもさらに慎重にロープを固定しながら降りていく。

そうして、数本の杭を打ったところだった。

「あ」

「マスター！」

なんとなく予想はしていたが、やはりロープは容赦《ようしゃ》なく千切れた。

「だ、大丈夫。ちゃんと止まったから」

固定していたおかげで、ロープはちゃんと途中で止まってくれた。

「ごめん、サイファー。もう一本のロープを降ろしてくれる？」

「はい、マスター」

サイファーは手際よく次のロープを垂らしてくれた。

それを固定しようとして、そこで摑まりやすい位置にフックが打たれていることに気付く。

――あれ？　これって……。

ミコトが打ったものではない。

前に来た者が残したものだろう。相当古いもののようで、体重を預けるには心許《こころもと》ないが、ちょうどミコトが打とうとした位置だった。

仕方がないのでそこを少し外して杭を打ち、また慎重に降りていく。

「あ、今度は壁が！」

「マスター！」

まあ、杭を打った壁が崩れて宙づりになったりもしたが、ほどなくして無事に最下層まで降りることができた。

――さて、ここから道はあるかな？

周囲の壁を探ってみると、すぐ目の前に隙間の空いた扉を見つけることができた。

〈灯り石〉をひとつ放って視野を確保すると、ようやくサイファーに声をかける。

「サイファー！　いいよ、降りてきて」

「はい、マスター」

声をかけると、サイファーは軽やかにロープを伝って降りてきた。固定が済んでいるとはいえ、鮮《あざ》やかなものである。

「さすがだね」

落ちることもあるし、そもそも女の子なのだ。身構えていたミコトは杞憂《きゆう》に終わった。

「該当データあり。ロッククライミングの技術ですね。マスターのおかげでとても降りやすかったです」

「へえ、三百年前にもこういう技術って使われてたの？　なんかもっとすごい力で飛んだりするのかと思った」

「当時の人類に飛行機能はなかったようです。ですがロッククライミングは、娯楽として一部の人類に愛好されていました」

「ご、娯楽だったんだ……」

ミコトは毎回命がけだというのに、三百年前の人々にとっては遊びとは。

と、そこで気付いてしまう。

「……あの、もしかしてサイファーって、僕がルートなんて作らなくても普通に降りてこられた？」

なんならミコトが転落しても受け止めてくれただろう。

「えっと……」

サイファーが珍しく言い淀《よど》むように視線を逸らす。というかミコトの質問にこんな反応を示したのは初めてだろう。

それから、やんわりと微笑んだ。

「わたしは、マスターのがんばってくれる姿が、嬉《うれ》しいと思いました」

「〰〰っ」

──その答えはずるい！

ともあれ、ひとつくらい頼れるところを見せたかったミコトはがっくりと肩を落とす。

下を向いたことで、ふと足元が大きく凹《へこ》んでいることに気付く。ちょうど、人ひとりがすっぽり横たわれそうな大きさである。

その中心には千切れたロープの残骸が落ちていた。

──これ、もしかして前に来た人も落ちたのかな……？

先ほど打ってあったフックのこともある。

なんだか、先に来たであろう人物に親近感を抱いてしまった。

◇

扉の向こうは、大きな広間になっていた。

ただ、上層のように石碑のようなものは見当たらない。いくつものカウンター型のテーブルが並べられていて、奥の壁にはガラスのように透き通った枠が嵌《は》まっていた。

「なんだか、サイファーが眠ってた神殿に似てるね」

あの場所も軍の施設だったという話だ。ここも同じ軍の施設なら、似ているのは当然かもしれない。

「データによると、ここは司令室だったようです」

「司令室？　制御とかじゃなくて……？」

「はい。ここから〈プエラ・エクスマキナ〉を指揮していたものと、推測されます……」

ここが、サイファーの故郷でもあるのだ。

胸に手を当て、司令室を見つめるサイファーは小さくうつむいていて、表情をうかがうことはできなかった。

ミコトは、またサイファーの手をキュッと握る。

「マスター……」

「大丈夫だよ。行こう」

「……はい！」

サイファーは部屋の中を進むと、中央のテーブルの前に立った。

「これがメインコンソールのはずです」

そう言って表面に触れると、テーブルに光の文字と紋様が浮かんだ。

「機能が生きてるの？」

「一部ですが、まだ動かせるようです」

サイファーは光の文字へと指を走らせる。

「〈オルクス〉からエネルギー供給を受けていたようです。最低限ではありますが、施設の機能が維持されています」

ということは、月の施設が三百年も機能していたのはここを維持するためだったのかもしれない。それは同時に、それだけここが重要な場所だったことも意味している。

「……っ、やったねサイファー」

「はい、マスター」

やがてサイファーが操作を終えると、背後の透明な壁に光が灯《とも》る。

ふり返ると、そこにはひとりの男が映し出されていた。

「投影魔術……？」

いや、魔術ではなく、当時のなにかしらの力なのだろう。

二十代後半といったところだろうか。まだ若く、ミリアムのような白衣を着ていて、しかしどこかその顔立ちは見覚えがあるような気がした。

――サイファーの、仲間の人なのかな……？

サイファー自身も見覚えがあるようで、目を見開いていた。

そして、映し出された男は親しみを込めるように微笑んで口を開いた。

『おか……なさい、ザザザッ』

どこからともなく声が響くが、それはひどいノイズ交じりでとうてい聞き取れるものではなかった。

それでもなにか拾える言葉がないかと耳を澄《す》ましてみると、サイファーが突然驚いたようにミコトに顔を向けた。

「――ッ」

「ど、どうしたの？」

「……いえ、なんでも、ないです」

サイファーにはなにかわかったのだろうか。彼女はすぐにまた壁に意識を向けてしまったため、問いかけることはできなかった。

男が語った言葉は、そう長いものではなかった。音声が終わるまで、五分とかからなかったことだろう。

しかし残念ながら、その大半はなにを言っているのかすらわからないものだった。

「終わっちゃった……っ」

隣のサイファーに目を向けて、ミコトは言葉を失った。

サイファーの頬に、透明な滴《しずく》が伝っていた。

とてもかける言葉が見つからなくて、ミコトは黙って隣に寄り添うことしかできなかった。

やがて、自分が泣いていることに気付いたのだろう。サイファーは顔を拭《ぬぐ》ってミコトに向き直る。

「マスター、ありがとうございました。わたしの名前がわかりました」

「えっと、いまの映像、聞き取れたの？」

「はい。ノイズ除去と修復により、概《おおむ》ね把握できました」

「……内容は、聞かない方がいいかな？」

「どう、でしょうか……」

サイファー自身もまだどうしたらいいのかわからないのだろう。困ったように視線を逸らした。

それから、ふと思い出したように口を開く。

「マスター、質問です。『おかえりなさい』と言ってくれる人は、どのような人物だと想定されますか？」

「おかえり……？」

なるほど、最初のひと言は『おかえりなさい』と言っていたのだ。あの部分は比較的ノイズが少なくて、ミコトにもそんなふうに聞こえた。

「そうだなあ……なんだろう。家族……かな？」

「家族、ですか？」

「うん。僕もミリアムさんのところに帰ったら『おかえり』って言ってもらえるし、僕はミリアムさんのことを家族だと思ってるから」

サイファーはなるほどと、うなずく。

「では、いまの人は、わたしにとって〝家族〟だったようです。わたしがここに来ることを予想していて、わたしの生存を歓迎してくれました」

「そっか……。うん。よかったね！」

少なくとも、サイファーが生きていることを喜んでくれた人が、ミコト以外にもいてくれたということだ。

それから、キュッと胸を押さえる。

「マスター。わたしは、マスターとおしゃべりをするとき、笑っていますか？」

「え、えっ？　そりゃあ……その、笑ってくれてると、僕は思ってたけど？」

控《ひか》えめでも楽しそうに笑ってくれていると思う。

──だって、そんなサイファーの笑顔を見るたびにドキドキしてるんだし……。

そんなミコトの言葉をどう受け取ったのか、サイファーはぽつり、ぽつりと続ける。

「マスターやセンセイと食べたご飯は、美味しかったです。わたしは、美味しいと感じたんです」

「……うん。僕も、サイファーといっしょに食べるご飯は美味しかったよ」

「月を見たとき、わたしは綺麗だと思ったんです」

「うん。本当に、綺麗だったよね」

両手で胸を押さえると、サイファーは喘《あえ》ぐように叫んだ。

「マスター、教えてください。こんなにも、胸が締め付けられるような気持ちになるのは〝痛い〟ということなのですか？」

「……そうだね」

ミコトは、サイファーの体をそっと抱き寄せた。

「痛いのってさ。大きすぎると苦しくって、辛《つら》くって、それが痛いのかどうかもよくわかんなくなっちゃうんだ」

そう言って、サイファーの頭を撫でてやる。

「そういうときはさ、声を上げて泣いたっていいんだよ。僕の経験上、けっこう楽になるもんだよ？」

「う、うぅ……ふうぅ……っ……」

サイファーは、声を押し殺して静かに肩を震わせる。

ミコトには、そんなサイファーを抱きしめてあげることしか思いつかなかった。

映し出された男はなにを語ったのだろう。

でも、それはサイファーを傷つけるような言葉ではなかったのだと思う。

だから、いま泣いているサイファーのことは、ミコトが受け止めてあげたかった。

◇

「見苦しい姿を晒《さら》して申し訳ありません」

どれくらい経っただろう。

ようやく落ち着いたサイファーは、意気消沈してそう言った。

三角座りで並んで座ると、ミコトはとんでもないと言うように首を横に振った。

「大丈夫だよ。僕だって泣くときはもっと情けないし」

「マスターも泣くときがあるのですか？」

「そりゃあ、まあ……」

むしろ泣かなかったときの方が少ないのではないだろうか。自分が泣いたときのことなどあまり思い出したくないものだが、ミコトは正直に答えた。

「でもね、僕はサイファーがちゃんと泣けるようになって、よかったと思うんだ」

「なぜですか？」

「だって、泣きたいときに泣くこともできなかったら、人間は辛いだけだよ」

涙をこぼすことと泣くことは、同じではないと思う。

月を見上げてサイファーは涙をこぼしたが、それは悲しくてそうなったわけではないはずだ。

──本当は、サイファーはもっと前から泣きたかったんじゃないかな。

自分のことをなにも覚えていなくて、周りはまったく知らない世界だったのだ。

でも、目を覚ましたばかりのサイファーは、感情というもの自体を知らなかった。

それが遺跡から外に出たことで、いろんなことを知るという喜びを知り、馬に触れたり美味しいものを食べたりすることを楽しみ、街を襲った赤竜に対しては怒りを覚え、そしていま哀しいときに泣くことができるようになった。

だから、ミコトはそのことを喜んであげたかった。

と、そこで現実を思い出してミコトは苦笑する。

「これから泣きたいことも増えると思うけど、そういうときは我慢しないでね？」

「マスターがいるのに、泣きたくなることがあるんですか？」

「はうっ？」

純粋な瞳を向けられ、ミコトは思わず仰《の》け反《ぞ》った。

――なんで僕のことなんかをそんなに信頼してくれるの？

こんなふうに無条件に頼られた経験はなくて、ミコトは胸の動悸《どうき》を抑えることができなかった。

なんとか気を取り直して、ミコトは口を開く。

「いや、僕たちデウス教団から追われることになっちゃったから、これから人里に近づくのも難しいかもしれないんだ。きっと、大変だよ」

ここに来るまではパトリックが助けてくれたが、ここから先はふたりだけなのだ。

――ふたりきりっ？

大森林に入ってからもふたりきりではあったが、周囲への警戒もある。封印の地を超えることを考えると気を張っている必要があって、お互いを意識する余裕はなかった。

でも、これからは特に目的がなくても、ずっとふたりきりなのだ。

改めてその事実を再確認して、ミコトはさらに悶えた。

そこで、サイファーも思い出したように首を傾げる。

「マスター。彼らはわたし、あるいはマスターを指して《厄災》と呼びました。あれはどういう意味だと思われますか？」

それはサイファーも気にならないわけはないだろう。パトリックもその質問には答えてくれなかった。それにサイファーにはその意味を考えられるほどの情報もないのだ。

困ったように頬をかきながら、ミコトは言う。

「あー……。それはたぶん、僕のことだと思うよ？　ほら、僕の不運体質って《人型災害》に指定されちゃうくらいだから、それは他の人からしたら《厄災》なんだよ」

「そう、ですか……」

誤魔化したことに気付かれたかもしれないが、それを否定する根拠も見つけることはできなかったのだろう。サイファーは釈然としない表情のままうなずいた。

それから、ふと思いついたように微笑む。

「では、わたしがマスターをお守りします」

ゆるぎない言葉に、ミコトは胸を押さえた。

――たまにはその台詞《せりふ》、僕が言ってあげたい！

にも拘《かか》わらず、そう言ってくれるサイファーに胸が高鳴ってしまっている。

情けないと感じつつも、やはり彼女には敵《かな》わないと観念するような気持ちになった。

それから、なにか見つけたように口を開く。

「ところでマスター。そのデウス教団ですが」

「うん」

　本日の天気でも確かめるように天井を見上げ、何気ない口調でこう言った。

「彼らと思《おぼ》しき武装勢力が〈セプテントリオ〉を包囲しています。いかがされますか？」

「ふえあっ？」

　あまりと言えばあまりの言葉に、ミコトは間の抜けた悲鳴を上げることしかできなかった。

「ぶ、武装勢力って、あの皇都にいた人たちみたいな……？」

　サイファーは立ち上がると、光るテーブルを操作した。すると先ほどの壁にまた違う景色が映る。

　白い塔の街に、重装備の神官騎士団が集結していた。最前列にはあの神官将ゲアハルト・ハイゼンベルクの姿もある。

　映し出されているのは百かそこらに見えるが、それが〈セプテントリオ〉を包囲しているということは数千人規模になるだろう。皇都どころかヴァールハイト神皇国中の兵力が集まっているのではないだろうか。

　――と、飛んで逃げれば……いやダメだ。サイファーの翅はそんなに速くない。

　神官魔術は守りと拘束に特化した魔術なのだ。宙を舞う程度の飛行速度なら造作もなく捕縛されてしまう。

思わず尻餅《しりもち》をついてしまうミコトに、サイファーはちょこんとしゃがんで首を傾げる。

「マスター。ご命令いただければ、あの程度の戦力は三十分で殲滅《せんめつ》できます」

「んえっ？」

「現在はエネルギーも最大に近く、じきに月も出る時間です。必要とあらば、一切の反撃を許さず殲滅も可能です」

さらにとんでもない言葉を聞かされ、ミコトは卒倒《そっとう》しそうになった。

「えっと、サイファーはあの人たちに腹を立ててるの？」

「いえ、特定の感情は抱いていません」

「じゃあ、ダメだよ。いや、怒ってたからってやるのもダメだと思うけど」

サイファーは自分から人間を攻撃することはできないが、ミコトが命令したら本当にやってしまう。

――サイファーに、そんなことさせたくない。

いまはまだ、そのことに疑問を抱けないようだが、自分の力で人を傷つけてしまったら彼女は後悔すると思う。

いまはしないとしても、いつか感情が育ったらそうなる日が来る。

ミコトはようやく立ち上がった。

「僕が、なんとかするよ！」

「ですが……」

「大丈夫。こういうのも、初めてじゃないから」

祖父が生きていたころ、とある村でミコトの不運体質を知られて村人全員から追われたことがあった。

ただの村人と神官騎士団では規模が違い過ぎるが、それでもサイファーと人間を戦わせるよりはずっといい。

それに、とミコトはサイファーに手を差し出す。

「サイファーは、僕を守ると言ってくれた。だから、サイファーのことは僕が守るよ」

「……っ」

サイファーが大きく目を見開いて息を呑んだ。

「マスターは、ちょっとズルいと思います」

「ええっ、なんでっ？」

「なんでも、です」

サイファーはぷくっと頬を膨らませて、顔を背《そむ》ける。

それから、怖ず怖ずとミコトの手を握り返した。

「危ないことは、しないでくださいよ？」

「っ、うん。大丈夫だよ」

ミコトが地上に戻ろうと足を進めると、サイファーは一度だけふり返って、それから小さく頭を下げた。

（ありがとうございました――〝センセイ〟）

そのつぶやきはミコトの耳にも届いたが、問い返すのが無粋《ぶすい》なことだともわかった。

◇

「出てきたか――《厄災》よ」

地上に出ると、自分たちを包囲する数千人の神官騎士団というのは想像以上に威圧的だった。壁のような静的なものではなく、雪崩《なだれ》や津波のような荒々しい力が迫るように動的な圧力なのだ。

ミリアムからもらった四発の弾丸を撃ったところで、ほんの数人が倒れるくらいのものだろう。いや、相手は精鋭の神官兵たちなのだ。銃弾そのものを防がれるか、そもそも撃つ前に拘束される可能性の方が高い。

このまま尻餅をついて命乞いをしたくなるが、ミコトはグッと堪《こら》えて一歩前に出る。

――やっぱり、サイファーのことを言ってるみたいだ。

兜越《かぶとご》しでも、その顔がサイファーに向いているのがわかった。

ミコトはサイファーに目を向けると、安心させるように微笑む。

「ちょっと話してくるね」

「マスター。わたしもいっしょにいます」

「いや、荒っぽくなったとき、傍《そば》にいると危ないから……」

その言葉に、サイファーも険しく目を細める。

「であれば、なおさらわたしもいっしょにいるべきだと思います」

「ううん。もしものときは、サイファーにちゃんと自分の身を守ってほしいんだ。僕は大丈夫だから」

言葉の意味は伝わっただろうか。

サイファーはわずかに口を開くが、そこから言葉が発せられることはなかった。

それから、諦めるように頭を振ってキュッと手を握る。

「マスター、信じますからね？」

そう言って微笑む少女に、ミコトは思わず見蕩れてしまった。

――なんだろう。胸がドキドキする……。

もともとサイファーの笑顔を見てはときめいていたが、いまは前より輝いて見える。

──泣けるようになったから、かな……？

喜怒哀楽の感情が、ようやくまともに機能するようになったのだ。そのせいか、さらに魅力的に見えてしまう。

そんなサイファーが信じると言ってくれたのだ。ミコトは自信を持ってうなずいた。

「うん！　任せてよ」

そうして、ミコトは神官騎士団の前に、神官将ゲアハルト・ハイゼンベルクの前へと進み出る。

馬上の神官将を見上げると、彼は厳《おごそ》かに口を開いた。

「貴様か、《人型災害》」

「神官将ゲアハルト・ハイゼンベルクさま、ですよね？」

ミコトは交渉に来たのだ。

緊張しながらも、丁寧に頭を下げる。

「僕たちは、誰かに危害を加えるつもりはありません。ご要望とあれば、この国からも出ていきます。だから、どうかここを通してもらえませんか？」

「…………」

ゲアハルトが兜を脱ぐ。

ただ、その下から向けられた視線は『いますぐお前を殺してやりたい』という衝動を必死に堪えるようなものだった。

「我々の目的は《厄災》の討伐だ。おとなしく引き渡せば、貴様は見逃してやる。国外なりどこへなりと、好きに消えろ。できる限り、遠くへな」

やはり、サイファーから離れていて正解だった。

ミコトはグッと歯を食いしばって顔を上げる。

「サイファーは《厄災》なんかじゃありません。ちゃんと泣いたり笑ったりできる、ただの女の子です」

「貴様の意見など聞いていない。去るのか、残るのかいますぐ決めよ」

――やっぱり、交渉なんてできそうにないか……。

ここでミコトの首を刎《は》ねないだけでも、彼らにとっては温情なのだろう。あまつさえ、ミコトだけなら逃がしてくれると言っているのだ。

明白な憎しみを抱きながらそう自制できるこの男に、ミコトはむしろ好感さえ抱いたのかもしれない。

だから、ミコトもこう語りかけた。

「わかりました。僕はサイファーといっしょに、ここを去ります」

「貴様、言葉が理解できんのか？」

「だから、逃げてください」

祈るように、悲しむように、そして哀れむように。

これは宣戦布告だ。

「……ッ！」

おぞましい予感を覚えたのだろう。ゲアハルトはとっさにサイファーへと目を向けたが、それは間違いだった。

「――はあ、世界なんて、滅びちゃえばいいのに……」

それは、ミコトがこれまで意地でも口にしなかった〝後ろ向きな言葉〟だった。

初めて好きになった女の子が《厄災》なんて呼ばれて狙われている。自分のせいでミリアムが酷い目に遭っているかもしれない。彼女を見捨てて逃げてきたのに、パトリックにも裏切られた。結局全部ミコトが悪いのだ。

なぜ自分ばかりこんな目に遭わなければいけないのか。

必ず不運に見舞われるこの体質に、そう思わないわけがない。

ただ、ミコトは知っているのだ。

自分の後ろ向きな気持ちが、さらに不運を引き寄せるのだと。

だから、なにがあっても決して人を恨まなかった祖父だけが、老人になるまで生き延びることができた。そんな祖父も、結局は不運に命を奪われたが。

そういう呪いだと知っているから、常に前向きなことを考えることで蓋をしてきただけなのだ。

その蓋を、いま少しだけ外した。

ドンッと鈍い音とともに、大地が揺れた。

「なっ、んだとおっ？」

地震だった。

それも、サイファーを見つけたときのような〝遺跡のような脆い建造物が崩れる〟程度ではない。

立っていることはもちろん、這《は》っても身動きひとつ取れない揺れ。堅牢な皇都の城壁さえ崩れ去るだろう大地震だった。もしもこれが皇都で起きていれば、街ごと壊滅しかねない次元のものだ。

三百年、人の手を離れていた封印の地が耐えられるようなものではない。

こうなってしまえば、包囲に何千人いようが何万人いようが関係ない。騎馬兵は馬から振り落とされ、地面がひび割れて人や馬が呑まれていく。

――さすが神官騎士団だな。

それでも、兵たちはそれぞれ鎖を放ち、あるいは地に剣や槍を突き立て踏みこたえようとしている。

降り注いだ不運はそれだけではなかった。

ポタポタと、顔に冷たい滴が落ちてきた。

雨である。

先ほどまで星が見えていた空には暗雲が広がり、冷たい風と雨が降り始める。

そして、閃光と共に耳をつんざく轟音《ごうおん》が弾ける。

――今度は落雷か。

雷が落ちてきていた。

身動きの取れない騎士団の上に、天から容赦なく雷雨が降り注ぐ。

神官兵たちの鎧はなんとか落雷にも耐性があるようだが、直撃した者は息があってももう立ち上がれまい。

冷たい風は、雷雨をさらに凶悪に研《と》ぎ澄《す》ます。

「ぐううっ、この季節に、雹《ひょう》だとっ？」

刃物のように鋭い、氷の雨が降り始めていた。

こうしているいまも、地震は続いているのだ。地裂の広がる大地では身構えることすら叶わず雷雨と雹に嬲《なぶ》られていく。

人の魔術を超えた天変地異。

ゲアハルトも馬から振り落とされ、地に膝を突く。

だが、そんな彼をもっとも驚愕させたのは、地震でもなく、雷でもなく、嵐でもなく、雹でもない。

彼の目の前に立つ少年の姿だった。

「馬鹿な……。貴様は、なぜ、そこに立っていられるのだ」

神官将ですら立っていられないこの災害の中で、ミコトは平然と立って、あまつさえ身をかがめ、あるいは反らして雹や雷さえも避けていた。

そうして、いつものように困ったような苦笑を返した。

「なんでって、いつものことですから」

地震なんかで膝を突いていたら、他の不運を避けられない。だから体幹《たいかん》を養い、どんな揺れにも合わせて体をゆらすことを覚えた。

雹に当たると装備も壊れるし、体温が下がって余計に動けなくなるから風向きから雹の落ちる方向を読む術《すべ》を学んだ。

雷を認識してから避けるのは不可能だが、落雷というものは上から落ちているように見えて地面から空に向かって伸びるのだ。だからどこから発生するかがわかれば、そもそも当たることはない。

嵐は本当によくあるので、なんかもう慣れた。たまたまそれ全部一度に起きたところで、ちょっと大変ではあるが生き延びられないようなものではなかった。

ミコト自身にサイファーや魔術師のような特別な力はない。

三百年という時間、天変地異すら引き起こす神の呪いを受けてなお、滅ぼされなかったのがミコトの一族なのだ。

ミコトが持っているのは、一族が三百年生き延びてきた生存術そのものだった。

それは高さ百メートル以上の地割れに呑まれても——荷物を失ったりかすり傷を負ったりはしたが——平然と生き延びるほどのものである。

とはいえ、ミコトもここまでひどいことになるとは思わなかったので、困ったような声を上げる。

「でも、すみません。もうちょっと配慮するべきでした」

そう、配慮《はいりょ》である。

ほんのひと言、毒を吐いただけでここまで過熱する不運。それが、ミコトの一族に降りかかった呪いなのだ。

彼らがほんの少し〝周囲の安全を気遣う〟という配慮をやめるだけで、世界はこうなってしまう。

――いや、ここまでするつもりはなかったんだけど……。

サイファーのことで自分の情緒《じょうちょ》が乱れに乱れていることは自覚していた。そのせいか、感情の振れ幅まで大きくなってしまっていたのかもしれない。

心配になってサイファーをふり返ると、彼女は蝶の翅で宙に待避していた。身を守るように伝えておいたおかげで、自発的に避難したようだ。

頬を両手で叩き、気持ちを切り替えるように頭を振ると、次第に地震も収まっていった。雨は止《や》む気配がないが、雹や雷も収まっていく。

それから、申し訳なさそうに頭を下げる。

「その、こういった次第なので、どうか僕たちに関わらないでもらいたいんです。僕たちは、誰かを傷つけたいなんて思ってないんです」

言葉通り、ミコトはなにもしていない。

なにもしなかったから、天変地異並みの不運が起きて、神官騎士団が壊滅したのだ。

この事実に、ゲアハルトも震えることしかできなかった。

ただ、ミコトはわかっていなかった。

彼らは、なにも迫害がしたくてこんなところまで来たわけではないのだと。

彼らには彼らの守るものがあって、つまりは命を懸けてこの場に立っているのだと。

「……貴様の言う通り、我らはなにも見なかった振りをして、貴様らを逃がすのが正しいのだろうな。兵たちをいたずらに危険にさらす必要もない」

「じゃあ……」

「――だが、それは貴様らが無害な証《あかし》にはならん」

すでに戦う力など残っていないだろうに、ゲアハルトは剣を杖にして立ち上がる。

「貴様の呪いのことは聞いている。正直、同情もするし、畏怖《いふ》もする。貴様のような男だから、レオンハルトは肩入れしたのだろう。それは俺も認めよう」

しかし、とゲアハルトは続ける。

「《厄災》は別だ。俺や貴様がどう思おうと、存在するだけで世界を滅ぼす。……いや、そうではないな」

なにか思い直すように頭を振って、ゲアハルトは真っ直ぐミコトを見た。

「俺は俺の守りたいもののために《厄災》を討つ。わかれとは言わん。だが、引き下がるわけにはいかんのは、俺も同じことだ」

そう言って、空に避難したサイファーを見た。

「停止コード【Zeer fia wel tguo】」

「え――」

歌うように響いたその言葉に、サイファーの背から結晶蝶の翅が消失した。

「サイファー！」

少女はそのまま地面に墜落する。浮かんでいる程度で高度は出していなかったものの、受け身を取った様子はなかった。

慌てて駆け寄ると〈スクアーマ〉まで崩れ、裸身を晒してしまっていた。

そっと抱き起こすと、頭を打ったようで額から血が伝う。

「サイファー……？」

その瞳には、なにも映っていなかった。

雨に濡れた体は、冷たかった。

――嘘《うそ》だ……。だって、さっきまで、いっしょにいようって……。

震えて、しかし抱きかかえた腕に確かに鼓動《こどう》を感じた。

呼吸もしている。

「――っ、生きてる」

そう思った瞬間だった。

ビクリと、サイファーの体が震えた。

それから、見開かれた瞳が玉《ぎょく》のような翠《みどり》から血のような赤へと変貌する。

『不正なアクセスを検出しました。防衛システムを起動します』

◇

サイファーの口から出たとは思えぬ冷たい声。その顔に、いつものようなわかりにくくも確かな表情はなく、人形のようにもの思わぬ表情が貼り付いていた。

そうして身を起こしたサイファーの体が赤い光に包まれる。

赤い光が収まると、少女の体は再び〈スクアーマ〉に守られていた。

――いや、〈スクアーマ〉じゃない？

よく似た形状ではあるが、ミコトの知っているそれではなかった。

全身に走る翠の光は赤く染まり、まさしく血管のように脈動している。白だった装甲部分も禍々《まがまが》しい黒へと変貌している。

サイファーは自分の足で立ち上がると、再びその背に蝶の翅を呼び出す。

その翅も、真紅《しんく》の毒々しいものだった。

「待ってサイファー！」

サイファーの体がふわりと宙に浮かび、ミコトが伸ばした手は虚《むな》しく宙を掻《か》いた。

『〈テスタメント〉を起動。敵性勢力の殲滅を開始します』

ワイバーンを造作もなく撃ち抜き、夜の空に真昼の太陽のごとき爆発を生んだ棺型《ひつぎがた》の銃が紡がれる。

その銃もまたミコトの記憶とは異《こと》なるものだった。

色が違う。それはそうなのだが、問題は数だった。

「〈テスタメント〉が、七基……っ？」

サイファーの身を守るように七つの棺が浮かんでいた。

七つの銃口がまず狙ったのは、あの呪文を歌ったゲアハルトだった。

「――ッ」

そして、破滅の光が放たれた。

七基の〈テスタメント〉から放たれた光は、石の地面を瞬時に融解《ゆうかい》させ、瓦解《がかい》した神官騎士団を貫くように彼方《かなた》まで伸びていった。

封印の地を囲む防壁が、どろりと溶けてふたつに割れる。

あとにはグツグツと煮立った地面があるだけで、神官将の姿は破片すら残っていなかった。

なのだが、サイファーはぐるんと首を回し、地面の一点に目を留める。

「だ、大丈夫ですか、ゲアハルトさん」

鎧は焼け焦《こ》げ、血を吐くがゲアハルトは生きていた。

とっさにミコトが抱えて飛び退《の》いたのだ。

「貴様、なぜ……！」

まあ、ミコトからするとこの男を助ける理由はあまりない。サイファーがあんなふうになったのも、この男が原因に違いないのだから。

答えに窮《きゅう》して、やがてミコトの口を突いて出たのはこんな言葉だった。

「えっと、サイファーが人を傷つけるのは、なんか嫌だなって思って……」

七基からなる〈テスタメント〉の照射を受けた地面は、降りしきる雨さえも蒸発させていまも真っ赤に染まっている。

恐ろしい破壊力だが、しかしそれだけに力の消耗《しょうもう》も大きいはずだ。

いまのサイファーはものを考えているわけではなく、体が勝手に反応している状態なのだろう。燃費《ねんぴ》も顧《かえり》みずに力を振るっている。

――だったら、そのうち力尽きるはず。

それまで持《も》ち堪《こた》えられれば、みんな助かるはずだ。

そう思ってゲアハルトを背に庇《かば》うように立ち上がると、サイファーは標的を変えたのか空に顔を向ける。

空からはミコトの呪いが引き寄せた暗雲が、いまも冷たい雨を降らせている。

サイファーの周囲を漂《ただよ》う七基の〈テスタメント〉が、そんな暗い空に照準を合わせた。

「え――」

強烈な閃光が空を穿《うが》つ。

分厚い雲に大穴が空き、その向こうからにわかに星々が煌《きら》めくが、その〈テスタメント〉の一撃はそれだけに終わらなかった。

暗雲を貫く光は、そのまま外側へと広がり、分厚い雲を七つに断ち割っていく。

そうして光が収まると、そこには澄んだ月が浮かんでいた。

「空を、裂いた……！」

そして、月が見えるということは――

『〈オルクス〉へリンク。エネルギー供給を開始します』

結晶蝶の翅が真紅の鱗粉をばらまき、まばゆく輝く。

サイファーの力はどれも強力だが、その分消耗が激しいのが弱点だったのだ。

それが、無尽蔵の力を手にしてしまった。

「もう、誰もサイファーを止められない……」

思わずそうつぶやくと、ゲアハルトが歯を食いしばる。

「ふざけるなよ……！　総員、いつまで寝ている！〈鎖す鋼〉を放てい！」

さすがは神官騎士団と言うべきだろうか。こんな状況でも、兵たちはすぐさまゲアハルトの声に応えて魔術を展開する。

「「〈鎖す鋼〉よ！」」

応えることができたのは半数にも満たなかったが、見事に唱和したその呪文に、何百という鎖が放たれる。

だが、彼らはさらなる悪夢を目の当たりにすることとなる。

サイファーの体は不規則に飛行し、鎖の合間を縫《ぬ》うようにしてヒラヒラと舞う。

一本でも狙《ねら》い違《たが》わず全てを拘束するという〈鎖す鎖〉が、ただの一本として少女の体を捉えることができない。

「そうか、だから蝶の翅だったんだ……」

美しくはあるが、最終兵器が背負うにはあまりに遅い翅。その真価は、回避力にある。

子供のころ、野を飛ぶ蝶を捕まえようと手を叩いた経験は誰にもあるだろう。だが、それで蝶を捕まえられた者となると、果たして何人いるだろう。

蝶の翅は気流に乗れるだけの単なる膜《まく》ではない。

あの四枚の翅は高度な感覚器官なのだ。

目に見えない光や熱を感知し、嗅覚《きゅうかく》さえも備《そな》えたソナーであり、センサーなのだ。

それによって未来予測にすら近しい回避能力を獲得している。蝶の翅に対して〝照準する〟という行為が、すでにその攻撃の軌跡を伝えてしまっているのだ。

蝶の翅が鱗粉を振り撒くのは、その膨大な情報によって生じる熱量を放散させるためだという。放熱作用なのだ。

そしてそんな人間の頭脳にはあまりに大きすぎるだろう情報量を単体で処理できてしまう演算能力こそが、対神性戦闘少女の真に恐るべき力なのかもしれない。

そうして数百という〈鎖す鋼〉の全てを避けきると、当然返礼が待っている。

七基の棺がそれぞれ神官騎士団全体へと向けられた。

「〈障《さわ》る壁《かべ》〉を放て！」

ゲアハルトが叫ぶのと同時に、神官兵たちは障壁を展開する。

次に〈テスタメント〉から放たれたのは、小さな弾丸だった。

だが、竜の鱗すら貫く弾丸である。

障壁は次々と砕かれ、そこかしこから血しぶきと絶叫が上がった。

「……そんなこと、やっちゃダメだよ、サイファー！」

憤《いきどお》りを堪えるように叫ぶと、空が赤く染まった。

「なんだっ？　星が……！」

星の落ちた地に、再び空から燃える星が落ちてきていた。

これが落ちた衝撃は、いかに蝶の翅とて回避しきれないと判断したらしい。サイファーが動きを止めて右手を突き出す。

『――〈ウェルテクス〉起動――』

すでに過去一度叩き潰した不運である。

その手に紡がれたのは槍のように長大な銃だった。

無尽蔵の力を持ったサイファーは、そのまま落ちゆく星に向かって〈ウェルテクス〉を放つ。

その一撃は、狙い違わず燃える星を貫き、粉砕した。

ミコトの呪いでも、サイファーの前には足止めにもならない。

――打つ手がない。

せめてサイファーが地面にいてくれれば手が届いたかもしれないが、蝶の翅とともに空に在る彼女に近づく術はなかった。

ただ、パラパラと炎の破片が散りゆく中、ミコトはその空に奇妙な影を見つける。

「え、なにあれ。竜……？」

蝙蝠《こうもり》のような翼を持つそれは、凄《すさ》まじい速度で飛来するとミコトの前に着地した。

「……やれやれ。どうやら、間に合わなかったようだね」

「ミリアムさん？」

青い竜の背に、気怠《けだる》そうな女性が跨がっていた。

「少年、状況を」

「えっと、この人がサイファーになにかをして、サイファーになにかが起きて……」

あいにくと、この状況を瞬時に説明できるほどミコトは賢くないのだ。

ミリアムは呆れたように視線をゲアハルトに移す。

「……ゲアハルト、説明を」

「デウス教に伝わる鎮《しず》めの呪文を使った。一度は通じたように見えたが、どういうわけか打ち破られ、この有様《ありさま》だ。いまのやつの目的は、鎮めの呪文を使った我々の殲滅だ」

「……ふむ、暴走させたわけか？」

確かめるようにつぶやくと、ミリアムは竜の背から降りる。

そして、スパンッとゲアハルトの頬をはたいた。

「すまないな。キミの責任感の強さは知っているが、こうでもしないと冷静でいられそうにない」

「いらぬ気遣いだ。それより策を練れ。ここで《厄災》を止めねば世界が滅ぶ」

「……はあ」

唇を切ったのだろう。口から血を垂れ流しながらも、ゲアハルトは恨み言どころか眉ひとつ動かさずそう返した。

ため息をもらし、ミリアムはミコトに向き直る。

「ミコト、いま一度聞こう。キミは、いまのサイファーくんを見ても、いっしょに生きたいと思うかね？」

「はい」

ミリアムの言葉の意味を嚙《か》みしめるように、ミコトはうなずく。

「僕はサイファーを守るって言ったんです。助けに行かなきゃいけないんです。力を貸してください、ミリアムさん」

その答えに、ミリアムはどこか褒めるように微笑んだ。

「わかった。少年、十七秒だ。わかるね？」

「……ッ、はい！」

「だが、肝心《かんじん》な止め方はわかっているかね？」

「え、えっと……」

言われてみれば、どうやって止めればいいのだろう。

「ぼ、僕の声が届くまで呼びかけます！」

「……キミは少しはものを考えてから口を開きたまえ。眠れる乙女の起こし方は、昔からひとつだけだろう？」

「え、それって……っ」

言葉の意味がわかってしまってミコトは顔を赤くした。

それでも覚悟を決めてうなずくと、ミリアムは指先を食い破って宙に鮮血を撒く。

「走れ、少年──〈鎖す鋼はかくも踊る〉」

呼びかけとともに、ミリアムの足元から膨大な鎖が這い出す。その一本一本が生き物のようにうねり、蛇のような素早さとしなやかさでサイファーへと伸びる。神官兵のそれとは明らかに異なる精度だった。

だが、多くともせいぜい百本の鎖だ。

神官騎士団総掛かりの〈鎖す鋼〉すら、掠《かす》りもしなかったサイファーである。彼女に届くものではなかった。

そんなことはわかりきっていたように、ミリアムはゲアハルトに声をかける。

「ゲアハルト、サイファーくんの気を惹《ひ》け。道を開くのだ」

「……っ、〈吠《ほ》える槍《やり》〉を放て！」

ゲアハルトの呼びかけに、神官騎士団が閃光の槍を放つ。先ほどの攻撃で、さらに数を減らした騎士団である。反応できたのは数百人といったところだが、それでも数百の槍がサイファーへと撃ち出された。

〈鎖す鋼〉のような拘束力もなければ自在性もないが、当たれば大型魔獣でもショック死する電光の槍である。

サイファーの翅はそれすらも見事に躱《かわ》しきるが、無数の鎖を避けながらじわじわと退路を狭めていく。

これには煩《わずら》わしさを覚えたのか、サイファーが右手の〈ウェルテクス〉を地上に向ける。

鎖の出所である、ミリアムのいる場所へと。

落ちる星すら砕く砲撃である。

逃げるにはあまりに遅すぎて、青竜の力を持ってしても防げるものではなかった。

そして、光の一撃が容赦なく打ち下ろされた。

「ミリアムさん！」

「――〈障る壁は永遠に別つ〉――」

ミリアムを守るように立ち上がったのは、ゲアハルトだった。

空間が歪むような強力な障壁が紡がれ、〈ウェルテクス〉の一撃が衝突する。

「ぐぬおおおおおああああっ」

ぐしゃりと障壁が砕け散り、ゲアハルトの焼け焦げた鎧が剣とともに粉砕される。

――〈ウェルテクス〉の鉄槌《てっつい》を、止めた！

ゲアハルトが背中に守ったミリアムには、毛筋ほどの傷もついていなかった。

「――止まるな！」

倒れながら、それでもゲアハルトは折れた剣を突き出して吠えた。

――この人は、この人の信念で命を懸けているんだ。

きっと好きにはなれないし、わかり合うこともできないだろう。でも、ミコトを認めると言ってくれたこの男を、ミコトも認めようと思った。

倒れるゲアハルトの背中を片腕で受け止め、ミリアムが顔を上げる。

血のこぼれる指先で宙に魔法陣を描く。

「――〈百《ひゃく》なる花弁は乱れて繚《めぐ》る〉――」

サイファーの周囲に、緋色《ひいろ》の刃《やいば》が無数に出現した。

花弁のような、三日月のような、剣とは違って握りが存在しない剝《む》き出《だ》しの刃。そんな緋色の刃が、全方位からサイファーに降り注ぐ。

『――〈リパルス〉――』

サイファーを中心に、光の円環が幾重にも広がる。

無制限の力を得たいま、円環は直径で十メートル近い大きさだった。前の倍近い範囲である。

ミリアムの〈鎖す鋼〉も〈百なる花弁〉も、円環の内に入るとゆるやかにその動きを止められてしまう。

周囲に物理慣性を吸収停滞させる鉄壁の障壁である。

蝶の翅を捉えることができたとしても、その先に待っているのはこの障壁である。無数の鎖も、百からなる緋色の刃さえも、その動きを止められ宙に縫い付けられた。

「――これを、待ってたんだ！」

そう叫ぶミコトは、宙にいた。

ミリアムが紡いだ鎖の上を、サイファーの下《もと》まで続くその道を、一直線に全力で駆け抜ける。

――〈リパルス〉の稼働時間は十七秒。

これは力があれば続けられるものではない。十七秒経つと、クールダウンが発生して必ず機能が停止するのだ。それでいて、これを発動中はサイファー自身も身動きが取れないという諸刃《もろは》の剣《つるぎ》だった。

〈オルクス〉から無尽蔵の力を与えられたサイファーの、唯一制限された力。

残り十秒。

しかし空を舞うサイファーまでの距離は、遠い。

加えて、鎖という不安定な足場を全速力で駆けるのは難しい。

――それが、なんだって言うんだ！

サイファーは、こんなものよりずっと遠くて近寄りがたい地の底で、三百年も眠っていたのだ。

ガラスの柱の中で眠る彼女と出会えたことで、初めてミコトは自分の意思でなにかをやりたいと思ったのだ。

そのやりたいことというのは、サイファーの手を離さないことだ。

残り五秒。

足元の鎖が前触れもなく千切れる。

こんなときでも、いやこんなときだからこそ、神からの不運は嫌らしくミコトの行く手を阻《はば》む。

「こんなの、いつものことだ！」

サイファーといっしょに歩いていても、植木鉢や木の枝、窓枠なんてものまで飛んできて、果ては赤竜の暴走なんてものまで呼び込んだ。

それでも、サイファーは嫌な顔ひとつ見せずにミコトを守ってくれて、それで笑ってくれたのだ。

そんな彼女にいま応えてあげられないのなら、ミコトにサイファーの傍にいる資格なんてない。

前につんのめりながら、ミコトは別の鎖を掴んで身を捩《よじ》り、その上に着地する。

残り三秒。

――僕たちのいる世界は、三百年前のキミたちには遠く及ばないかもしれない。

竜やワイバーンでさえ一撃で葬《ほうむ》り去《さ》る《厄災》の力。彼女が本気で牙を剝けば、神官騎士団でさえ為《な》す術《すべ》もなく蹂躙《じゆうりん》された。

とっさに掴んだときに指を巻き込んだらしい。右手の薬指と小指が折れていた。

でも、それがなんだというのだ。

ミコトは、走るのだ。

残り二秒。

――僕の力はちっぽけで、キミの足手まといでしかないのかもしれない。

ミコトが持っているのはあくまで身を躱す技術だ。

破壊的なのは呪いであって、ミコト自身にはなにかを壊す力も守る力もない。

――それでも！

ミコトは知っている。

どんな力を持っていても、どれほど世間知らずでも、サイファーが普通の女の子だということを。

知らないものを知りたいと思って、可愛いものや甘いものが大好きで、そのくせすぐに恥ずかしがって真っ赤になることを。

控《ひか》えめに笑うその微笑みを、ミコトは好きになってしまったのだ。

でも、そんなサイファーが声を上げて笑った顔を、もう一度見たいのだ。

残り一秒。

サイファーまであと一歩。

ミコト自身も〈リパルス〉の円環を跨いだことで、動きを止められてしまう。宙で受けるそれは、深い沼の中に落ちたかのように暗く恐怖を駆り立てる感覚だった。

――それがなんだ！

独りぼっちでこの世界に放り出されたサイファーの方が、ずっと怖かったはずだ。

そこで〈リパルス〉の円環が消失して、全てが動き始める。

一度止まったものが動き出すには、一瞬の遅れが発生する。

その一瞬で、サイファーは追従する鎖をするりと掻い潜り、緋色の刃の包囲からも脱していた。

しかし、その避ける先はミコトにも見えていた。

鎖を蹴って、ミコトは体の向きを変える。

「サイファー!」

避けた先に飛び込んでくるミコトへ、サイファーが光の剣を抜く。

『──〈ルクスラミナ〉──』

同時に、ミコトは指の折れた手で銃を抜いていた。

弾倉には、すでにミリアムからもらった弾丸が込められている。

宙で身を捻り、サイファーが光の剣を振るう。

──振り切る前なら、止められる!

ガンッと鈍《にぶ》い音を響かせ、炎弾が放たれる。

半ばまで振り始めてはいたものの、まだ加速の乗っていない斬撃は、炎弾を防ぐことはできても受けきることはできなかった。

『──ッ』

サイファーの手から光の剣が弾かれる。

──指が……っ。

だが折れた指でまともに握っていられるはずもなく、ミコトも発砲の衝撃で銃を取り落としてしまう。

――でも、届いた。

左手を伸ばす。

いかに蝶の翅が回避に優れていようとも、剣を弾かれ姿勢を崩した直後に避けることなどできるはずもない。

伸ばした指先が、サイファーの腕に届いた。

「三百年後の僕たちが、キミといっしょにいられないなんてことは、ないんだ！」

『――ッ』

サイファーは右手の〈ウェルテクス〉の銃身を叩きつけてくる。

「――避けるのは、得意なんだ」

ましてや、相手の腕を摑んでいるのだ。

ミコトがくるりと腕を回すと、サイファーは姿勢を崩して銃身の一撃を空振りする。

そうして、ミコトの腕の中に飛び込む格好になる。

感情のない瞳がミコトを見上げる。

――僕の知ってるサイファーは、もっと可愛くて、格好いいんだ！

そんな少女にミコトは顔を近づける。

桃色の唇に、ミコトは唇を重ねた。

『――っ？？？っ？？？？？』

突然の口づけに、サイファーが大きく目を見開く。

困惑に顔が歪み、真紅の瞳が玉の翠へと明滅《めいめつ》した。

『甚大なエラーが発生しました。システムを再起動します』

その背から蝶の翅がパラパラと崩れ、手からも〈ウェルテクス〉が消失する。気が付けば周囲に浮かんでいたはずの〈テスタメント〉も姿を消していた。

――止まった……。

そうしてゆっくりと落ちていくふたりは、竜の背中へと受け止められるのだった。

いつか帰ってくるキミへ

おかえりなさい、ほのか。

できる限りの処置はしたけれど、再起動できるまでには大変な時間がかかるだろう。

キミが目を覚ますのがどれくらい先になるかはわからないけれど、僕が生きている間に会うのは難しいと思う。

それでも、目を覚ましたならいつかここを訪れると思う。だから、この記録を残しておくよ。

ごめんね。

キミたちは必死に戦ってくれたのに、僕たちは負けてしまった。

プロジェクトに関わった者もみんな吊《つる》し上《あ》げられて、処刑されてしまった。

生き残った者も、呪いみたいなものをかけられてしまったらしい。本人だけじゃなく親族まで次々と怪死している。

どうやら連中は、連中に抗《あらが》った者全てを許すつもりがないようだ。

昨日、最後の仲間からの連絡が途絶《とだ》えた。たぶん、生き残りはもう僕だけだろう。

これが神さまに逆らった代償というものらしい。

でもね、僕は生きてやろうと思う。

戦いの結果が負けだったとしても、この世界が僕たちの生存を許さないとしても、諦《あきら》めてなんてやるもんか。

だって、僕の命はもう僕だけのものじゃないから。

僕の命はキミがくれたものだから。

キミは壊れかけたあんな体で、僕なんかを助けるために墜落《ついらく》する〈セプテントリオ〉まで戻ってきてくれた。

そんなキミがしてくれたことを無意味だなんて、神さまにだって言わせるもんか。

この命を繋《つな》いで、次に繋げて、何十年だって何百年だって生き続けてやる。

それで、キミが目を覚ましたときに、一番に伝えてやるんだ。

おかえりなさいって。


さて、こんなことを綴《つづ》っておいてなんだけど、たぶんいまのキミは僕のことを覚えていないと思う。

キミが最初に失ったのは痛みだったね。

それから少しずつ、人としての機能を代償にして、キミは戦ってきた。

キミが人でなくなっていくにつれて、キミは兵器として完成され、進化していった。

僕はそんなキミを一番傍《そば》で見ていたのに、キミを戦いの道具にすることしかできなかった。

だから僕は、キミが失ったものを取り戻したいと思う。

友達と話して笑えるように、ご飯を食べて美味《おい》しいって思えるように、空を見て綺麗だって思えるように、痛いときに痛いって言えるように。

これが償《つぐな》いだなんて言うつもりはない。

僕の罪はそんなことで償えるような軽いものじゃない。

ただ、キミが当たり前に持っていたはずのものを返すってだけだ。

でも、そうすると兵器としてのキミが持っていたものは失われてしまうと思う。

力も、恐らく記憶も。

もしかしたら、それでキミに苦労をさせてしまっているかもしれない。

だから、これは昔のキミが助けた馬鹿な人間の、ただの自分よがりだ。余計なお世話だったら恨んでくれてかまわない。

でも、それでも、ひと言だけ伝えさせてほしい。

今度こそ、誰かもっと素敵な人と恋をして、幸せになってね。

願わくば、キミが目覚めたその世界が、キミがもう戦わなくていい平和な世界でありますように。

キミにセンセイと呼んでもらっていた者より

エピローグ

Epilogue

「《厄災》は、わたしだったんですね……」

目を覚ましたサイファーが、まず口にしたのはそんな言葉だった。

ミリアムの加勢やゲアハルトの指揮のおかげか、奇跡的に死者は出なかったようだ。

いまは負傷者の手当てと、地裂《ちれつ》に呑《の》まれたり生き埋めになった者の救出で、神官騎士団は慌《あわ》ただしく駆け回っている。ゲアハルトも、重傷だが一命は取り留めたらしい。ミリアムもそんな彼に代わって、しぶしぶといった顔でそちらを指揮している。

「キミはサイファーくんといっしょにいてやりたまえ」

そう言ってミリアムは人払いまでしてくれた。ミコトとサイファーが去っても、いまは追いかけてくる者はいないだろう。

本当に、最後までお世話になりっぱなしだ。

ミコトは覚悟を決めてサイファーにうなずく。

「デウス教の人たちは、そう思ってるみたいだね」

もはやこれを隠す意味はない。

サイファーは肩越しに背後をふり返る。

滅《ほろ》びていても美しかった白い廃墟《はいきょ》は無残に崩壊し、大地は歩行不能なほどに壊されてしまっている。そこで、負傷した神官兵たちが悲痛なうめき声をもらしていた。

「わたしが、これをやったんですね……」

「いや、半分以上は僕のせいだと思うんだけど……」

神官騎士団はサイファーの攻撃の大半を魔術で防いでいた。あれ以上戦闘が続いていたら耐えられなかっただろうとも、彼らもギリギリのところで踏ん張っていたのだ。

この崩壊ぶりは、ミコトの〝不運〟が起こした部分の方が大きい。

「マスターは、優しいですね……」

「えっと、本当のことなんだけど……」

人並みの感情を覚えたからこそ、この事実は耐えがたいものなのだろう。

ミコトの言葉も、いまのサイファーには届いていないようだった。

「マスター、わたしは、これからどうすればいいですか？」

なにもかもを見失ったような言葉に、ミコトは心外そうに目を丸くした。

それから、いかにも仕方なさそうに肩を竦《すく》める。

「そりゃあ、とりあえずこの国にいるのは難しいかもしれないね」

というか、この世界で生きていくこと自体が難しいかもしれない。

だって《厄災》は世界を滅ぼした災厄で、この世界に在ってはならないものなのだ。

だから、ミコトはいつも通りに笑ってこう言った。


「じゃあ、ふたりで月を目指すっていうのはどう？」


サイファーが、ようやく顔を上げた。

「月……？」

「いっしょに行こうって言ったじゃないか。この世界で暮らせないなら、月で暮らすっていうのもいいんじゃないかな」

「……わたしといっしょにいたら、マスターにも迷惑がかかります」

どうやら根本的なところを勘違いしているようだ。

ミコトは大きく首を横に振った。

「違うよサイファー。そうじゃないんだ。キミは勘違いをしている」

「勘違い、ですか？」

意味がわからないというようにまばたきをするサイファーに、ミコトは言う。

「僕は可哀想《かわいそう》なキミといっしょにいてあげたいわけじゃない。逆だよ。僕が、キミに傍《そば》にいてほしいんだ」

そう言って、この凄惨《せいさん》な光景を突き付けるように両腕を広げる。

「僕は気を抜くとすぐこういうことになっちゃう《人型災害》で、神官騎士団だってやられちゃったのに、なのにひとりだけ無事でいてくれたのがサイファーなんだよ」

目を見開くサイファーの手を、ミコトはすがるように握る。

——僕といっしょにいても平気だったのは、サイファーだけなんだ。

サイファーの事情など知ったことか。ミコトがサイファーに傍にいてほしいのだ。

「だから、迷惑なんて言わないでよ。僕の方がずっと助けてもらってるでしょ？」

「でも、わたしは《厄災》です。この世界にいてはいけないものです」

「だからなんなの？　僕には世界なんかよりサイファーの方が必要なんだよ！」

そもそも世界などミコトが健全にヘラヘラしてないと殴《なぐ》りかかってくるような相手ではないか。サイファーとでは天秤《てんびん》にかけるにも値《あたい》しない。

サイファーが唇《くちびる》を震わせる。

「マスター……」

そのまま、キュッとミコトの胸にしがみ付いてくる。

「わたしも、マスターといっしょに、いたい、です」

そんな少女の背中を、ミコトも抱きしめ返した。

それから、東の空から鮮烈な陽《ひ》の光《ひかり》が射し込んでくる。

いつの間にか、夜が明ける時間になっていたらしい。

と、そこでここに来た目的を思い出す。

「そういえば、サイファーのことはこれからなんて呼べばいいの？　名前、思い出したんでしょう」

そう問いかけると、サイファーは驚いたように顔を上げて、それから首を横に振った。

「いままで通り〝サイファー〟でお願いします」

「でも……」

「あの名前は、三百年前の〝彼ら〟のものでした。わたしが使うのは、違う気がします」

「……うん。そっか」

サイファーがそう思ったのなら、きっとそれでいいのだろう。

すっかり崩れてしまった繭状《まゆじょう》の遺跡をふり返る。銀色の髪が風に巻き上げられ、サイファーはそれを片手で押さえた。

それから、黙禱《もくとう》のように静かに目を閉じる。

「……行きましょう、マスター」

「もう、いいの？」

「はい」

そうして歩きだそうとして、ミコトはふと思い出したように足を止める。

「あ、そうだった。言わなきゃいけないことがあったんだ」

「なんでしょう？」

首を傾《かし》げるサイファーに、ミコトは口を開く。

「おかえりなさい、サイファー」

その言葉に、サイファーは遠慮がちに手を握り返して、それから確かに笑った。

「はい。ただいまです、マスター」

あとがき

皆さまご無沙汰しております。新作『ポンコツ最終兵器は恋を知りたい』をお届けに参りました。手島史詞《てしまふみのり》でございます。

本作は、不運な少年が古代遺跡でカプセルに入っていた女の子を拾ってドタバタするという、由緒正しきボーイミーツガールものでございます。ちょっと度を超した不運体質（災害認定）だったりハイスペック（最終決戦兵器）のわりにポンコツだったりしますが、至って普通の少年少女です。

そんな中学生くらいのふたりの恋を、生暖かい目で見守っていただければ幸いです。

はい。そんな感じのお話ですが、主人公が中学生（相当の年齢）です。十五歳です。

実は私も今年でラノベ作家になってから十五年になるので十五歳なのですが、自著で主人公がこの年齢というのは最年少だったりします。

それもあって、いつもとは雰囲気の違う子に書けたかなという気がします。

そもそも、中学生の感性ってどんな感じなんでしょう？　作家年齢が十五歳でも現実にはただのおじさんでしかないのです。

自分が中学のころ……は、まあ黒歴史しかないので忘れるとして、うちの子たちが中学のころとかってどんな感じでしたっけ？　その友達とかは？

とまあ、普段とは違うところで頭を捻《ひね》ることになった作品でした。

そのせいか、プロット段階では存在しなかった親目線のキャラ・ミリアムなんて子まで生えてきました。ミリアムは白衣のヘビースモーカーというのは自然と出てきたのですが、大人のお姉さまにするか合法ロリにするかで最後まで悩みました。

それにしても、ファミ通文庫さんで本を出すのも久しぶりですね。

前回書かせていただいたのが『フレームアームズ・ガール　姉妹ってどんなもの？』でしたので、二年ぶりになります。完全新作となると五年ぶりでしょうか。

ちょうど今回の仕事を始めようとしたときもFAガールの五周年祝いのやりとりをしていたところでしたので、本作のヒロインがメカ少女になったのはまあ必然というか、仕方のないことだったかなと。

ファンタジー世界で現代兵器やメカ少女が暴れるお話も、昨今では特に珍しくもありませんが、八十年、九十年代のアニメを見て育った世代として一度くらいは書いておきたいテーマではあります。

私が初めて見たカプセルネタはなんだったでしょう。ボトムスかな。心当たりが多すぎて特定できませんが、他にもナノマシンで変身したり、月からのエネルギー照射受けたり、あのころ好きだったネタをたくさん詰め込めて幸せでした。

そんなわけで、本作のヒロイン・サイファーは当時の癖《へき》の集大成みたいな子です。次があったらパイルバンカーとか持たせたいですね。

今回は楽しくお仕事させていただきました。


続いては近況についてですが、なんか報告するようなことあったかな？

まずは他社さんの話で恐縮ですが『魔王の俺が奴隷《どれい》エルフを嫁にしたんだが、どう愛《め》でればいい？』がアニメの企画が進行中です。十五年目にしてついにですよ。わーい！

あと、車を買い換えることになりました。

私は車に特にこだわりはないのですが、使うのは大切に使う方だと思います。いまの車も十年近く乗ってきたので名残惜しくはあるんですが、そこはまあ色々ありまして。で、新車をどんなのにしようかとお店で相談してみたら、最新型の車はなんと自動運転なんてついてらっしゃるんですね。

自動運転！　近未来の装置ですよ。法定速度も設定できるし、前の車との距離から速度を調節して、信号なんかもちゃんと認識して止まってくれるんだそうです。

子供のころフィクションの世界だった機能が実装されてるのを知って、年甲斐もなくわくわくしちゃいました。あとは空を飛べるようになったら追いつけますね！

他にも置き充電やUSBポートが付いてたり、ずいぶんとハイテクになっておりました。まあ、たぶんそんな多彩な機能は使いこなせないし、使わないんでしょうけど、でもあるってだけでなんか嬉しいのです。

そんなわけで、近未来感あふれる新車が楽しみなのです。

それでは今回もお世話になりました各方面へ謝辞。

あれこれ対応してくださいました担当Gさま。イラストレーターどぅーゆーさま（サイファーの可愛さもさることながらメカデザ本当に好きです）。カバーデザイン、校正広報等に携《たずさ》わってくださいましたみなさま。料理やお菓子も作ってくれるようになった子供たち。そして本書を手に取ってくださいましたあなたさま。

ありがとうございました！

二〇二二年十一月　長野で缶詰をしつつ　手島史詞

Twitter：https://twitter.com/ironimuf8

?
X RABBIT EARS.
O BUTTERFLY ANTENNA.
2003

■ご意見、ご感想をお寄せください。……………………………………………………………

ファンレターの宛て先
〒102-8177　東京都千代田区富士見2-13-3　ファミ通文庫編集部
手島史詞先生　　どぅーゆー先生

FBファミ通文庫

ポンコツ最終《さいしゅう》兵器《へいき》は恋《こい》を知《し》りたい

1816

2022年12月28日　初版発行

◇◇◇

著　者　手島史詞《てしまふみのり》

発行者　山下直久

発　行　株式会社KADOKAWA
〒102-8177 東京都千代田区富士見2-13-3
電話 0570-002-301（ナビダイヤル）

編集企画　ファミ通文庫編集部

デザイン　アフターグロウ

写植・製版　株式会社スタジオ205プラス

印　刷　凸版印刷株式会社

製　本　凸版印刷株式会社

●お問い合わせ
https://www.kadokawa.co.jp/（「お問い合わせ」へお進みください）
※内容によっては、お答えできない場合があります。
※サポートは日本国内のみとさせていただきます。
※Japanese text only

ISBN978-4-04-737308-2　C0193

定価はカバーに表示してあります。

現代陰陽師は転生リードで無双する

著者／爪隠し
イラスト／成瀬ちさと

二度目の人生を謳歌する!!

「有名人となって誰かに自分の存在を覚えておいて欲しい」それが陰陽師、峡部家の長男・聖として生まれた男の願い。そのためには赤子のうちから霊力を鍛え、誰よりも早くプロフェッショナルの道を駆けあがる——！

FBファミ通文庫

賢者の孫16

四面楚歌の転生者

著者／吉岡 剛
イラスト／菊池政治

既刊 1～15巻好評発売中！

ダーム共和国が王太子妃エリザベートを暗殺!?

各々が結婚し楽しい家庭を築くシンたちアルティメット・マジシャンズ。シシリーたちが第一線を離れたため、人手不足を感じたシンたちは二人の新人団員を迎え入れる。そんな中、ダーム共和国内でエリザベート殺害計画が動き出し……。

モンスター娘TD

ボクは絶海の孤島でモン娘たちに溺愛されて困っています　VSラシオン騎士団編

著者／竹井10日
イラスト／有河サトル
監修／クリエイティブチーム くまさん

公式小説がついに登場！

ある日、モンスター娘たちが暮らす絶海の孤島『ゲシュペンス島』に可愛らしい少年が流れ着く。モン娘たちは少年と共に暮らしていくことにするのだが、そこにモン娘密猟者が現れて――!?

FB ファミ通文庫